麦家
散文集

接待奈保尔的两天

麦家 / 著

浙江出版联合集团
浙江文艺出版社

目录

contents

接待奈保尔的两天

一

我最早看奈保尔的一本书是《米格尔街》，那时的译本叫《米格尔大街》。好像是浙江文艺出版社出版的，白底子封面，黑体字书名，没有腰封，没有宣言，简单至极的设计，默默无闻的登场，暗示这不是一本出版社力推的书。我看它是因为有朋友推荐，说这是一部“轻松又聪明”的小说，写贫穷、落后的一条街、一群人，有第三世界的“体温”。吸引我的是“聪明”这一说法。我一直觉得我的小说写得笨，想变聪明。有一天，我把这本书和几十瓶蓝墨水一起买了回家。

那是二〇〇〇年初夏，我刚迁新居，是一套当时并不多见的跃层，将近二百平方米。我从一年前开始装修，亲自设计、买料、监工，装装停停，修修改改，耗时一年多。楼上一层，从楼梯开始，全是我个人的地盘。楼道两边挂着藏式挂毯和挂盘，楼梯口吊着昏暗的马灯，阳台上种着一棵从大凉山移来的三角梅，书房里是我积攒了十多年的书：有些书跟我从福州出发，去了南京、北京、西藏羊卓雍错，现在终于安耽下来，无须舟车劳顿。我不相信我还会再迁徙，还会买更宽敞的房子，因此我才会如此不计精力财力，大搞建设，不厌其烦。

其实烦恼每天都缠我，只是想到，既然要一辈子交给它，我理应为它吃苦受累。书房是我的天堂，连地板都是我亲自去乡下买老房子拆下来的木料，请木匠现场做的，自己上漆，清漆里加了蓝墨水，一遍一遍刷，刷成钢青蓝。比蔚蓝的大海还要蓝。深蓝。我就是一遍一遍刷着地板，累了，就去阳台上抽烟、喝茶、看书。这个时间长达半个多月，我看的书至少有十几本，但现在想得起来的只有这一本：《米格尔大街》。这本书果然是聪明，文笔清丽，幽默轻松，可以从任何地方开始读，像画册。我头一遍是通读，后来是翻来读，反复读。像刷油漆一样，刷多了，就长牢了，化不掉了。记得一天，我就用刷地板剩的蓝墨水写了一则读书笔记，其中有这样一句：他们是如此卑微，却又都如此快乐，像一群蜜蜂。当时我不知道，一年后这位作家将得诺贝尔文学奖，更不知道十四年后我们会在杭州见面。

那时我在成都，现在我居杭州。就是说，当时我也不知道，那套我以为要厮守一辈子的房子，其实只陪了我七年，离一辈子太远！现在，那一屋子地板依然蓝得发青发亮，我却只能在梦里见到它。我确实时常梦见它，因为那蓝色里漆进了我太多汗水，也漆入了我不少美好记忆，我舍不得。

二

诺贝尔奖是地球上少有的几个人造太阳之一，凡是有幸登上这个奖台的人，必将不幸地在灿烂中裸露，每一根汗毛都会被聚光灯丈量，在口水里肥沃。关于奈保尔的口水仗，打得尤为激烈而持久。自私、贪财、刁蛮、嫖妓、对妻子无情、对情妇施虐、对朋友不义、对读者轻蔑，等等，一个在生活中几乎是令人憎恨的恶棍形象，在诺奖光辉的照耀下脱颖而出，活灵活现。好在出版商和读者不是道德家，书被一本本翻译出版，一本本在市场上走俏。我就是躺在蓝色的地板上一本本读：《河湾》、《毕司沃斯先生的房子》、“印度三部曲”等，几年间读了他七本书。不能说每一本都喜欢，但毫无疑问，我喜欢这个作家，虽然他和我的写作风格截然不一。

我读书有记笔记的习惯，有些直接记在书上。在他来杭州之前，我又翻看过去读过的一些书，看到不少记录。比如在《河湾》的第一百八十七页，页眉处记着这样一句话：报上说他有“毒舌”之称，但他不是毒蛇，他“咬人”、放射毒液，是为治人于病，救人于难。在《幽暗国度》的最后一页，我写道：写这本书时奈保尔三十一岁，之前已经出版六本书。我马上四十岁了，却一本书都没写出来，愧愧愧！卡夫卡说，人类因为懒惰被逐出天堂，奈保尔不在其列。这本书里还夹着一小纸条，上面有两句没头没脑的话，一句是：虔诚也是一种天赋，他触摸的世界带给我的疼痛，与我脚下的土地是如此之近；另一句是：绝望不是死亡，但比死亡更死亡。我想这肯定是跟这本书有关。我本已忘记了这本书的内容，但这两句话一下子让我接近了它，像开了门。阅读的记忆会经常被淹没，又会经常被唤醒。所以，一个饱读诗书的人，像饱经风霜的人，生活中时有灵性和感悟迸发，其实不过是沉睡的记忆苏醒而已。在《印度：受伤的文明》的第七十一页，我写道：他没有忘记祖先，但已经被英国宠坏了，躺在一个英国爵士的荣誉里，没有拐杖，起不来。有些记录很长，有些记录又过于琐碎，这里就不一一列举了。

总的说，奈保尔是一个生活体验很丰富、视野很广阔、写作很努力的作家。他已经出版二十七本书，至少有一半成为经典，被世界各国的人捧读。读他的作品，你也许不会感到被温暖、激励，很多方面他和库切一样，作品里有一股狠劲，一种深深的冷，让人伤感，甚至绝望。他以恨来传达爱，以绝望来把握希望。世界如斯，他心底如斯，他笔下如斯：种族歧视，文明冲突，爱恨交加，真假难辨；希望和绝望，如影相随，在默默地勾结、斗争。作为一个作家，奈保尔是忠诚的，一直在勤奋地思考、写作，除了诺奖制造的短暂骚动，一切按部就班，波澜不惊，往事和随想，在安静地交配、产卵。他写作的坐标不是情节、故事，而是过去、内心、所见、所闻、所思、所想。对文学虚构，他有独到的理解，就是：虚构是文学的常规手段，但目的不是为了制造快乐，而是为了让“真实”从庸碌生活中脱颖而出。他甚至说过：如果活着是为了快乐，对一个男人来说，只需要一个妓女；文学不是妓女，文学是圣人，我活着就是为它服务的。

那一天，当我抬着轮椅，气喘吁吁、一步一停地走在灵隐寺的台阶上时，我心里突然冒出一句话：现在他已经成圣人了，需要我们为他服务。确实，疾病把他按倒在轮椅上，削掉了他过往的锋芒和乖张，如今他时常带着小鹿和山羊的目光，三缄其口，沉默安详，仿佛一尊佛。

三

高铁缩短了杭州和上海的距离，但改变不了两个城市的气候，夏天濡湿、燠热，即使立了秋，还有十八秋老虎虎视眈眈地蹲着。奈保尔此次来中国，主要是参加上海书展，大部分时间在上海，杭州只待了两天两夜，不到四十八小时。由于临时横事，我未能全程陪他。在相处不多的时间里，我们聊及不少话题：文学、美食、西湖、西溪、气候、媒体等。但记录下来，他说的话记不满一页 A4 纸。他已经作别了过去的他，不再有洪声高音，不再有如簧巧舌，不再有谈锋，不再有怨毒，甚至不再有表情、手势。毕竟已经八十二岁，加之病魔缠身，更加之长途旅行和频繁出席活动，疲倦像燠热的湿气一样笼罩着他，包抄着他，粘在他身上，让他显得十足像一个高龄老人、虚弱病人，即使思绪万千，也只能长话短说，点到为止。

我相信，思维没有背叛他：自始至终，我没见他说过一句胡话，或乱语。他只是丢失了体力，以致无力谈笑，正如一个人无法在重负下跟人开怀畅叙一样。他的情况就是这样，体力都消耗在支撑沉重的身体上。相对于有限的体力，他的体重显得无限地重了，即便坐在轮椅上，依然累不可支。临别那天晚上，我去宾馆和他道别，当时他已经躺在床上，我第一次看到他把手自如地举起来向我挥手示意，第一次看到他嘴角浮出粲然笑容，第一次听到他发出常态的声音，连贯地说出一句长长的话，对我致谢，向我母亲问好。我知道，这是因为席梦思卸下了他自身的重负。

老人家确实老了，病了，乃至已经离不开床榻了。

可他显然不服老，不愿向病魔低头，饱受病榻奚落。他要挣脱病榻，出门，去遥远的地方——中国上海；去更远的地方——杭州。

四

奈保尔是八月十三日下午的晚间时候到杭州的。对生活在皇历时间里的我母亲来说，这一天是农历七月十八。我母亲和奈保尔是同龄人，平时身体很健康，每天早睡早起，洗菜扫地，喂鸡养狗，忙得不亦乐乎。这一天她照例早早起了床，但接迎她的不是雷同的一天，而是和死神交战的一天：一只野猫把她吓死了！

我们家没有养猫，以前也不见有猫来串过门，因为家里有狗，猫怕的。而且，我一直以为，猫也是怕生人的，见了生人会立即蹿走，不可能任人踩踏。但这一天就怪了，猫在我家睡大觉，狗不理不睬。母亲从卧室出来，准备去开客厅的灯，一脚踩在这只死猫身上——鬼知道它是只什么怪猫，这么笨，会躲不掉一个八旬老人的脚板！猫惊叫着，像一道黑色闪电一样夺路而逃，跳窗而去，同时把我母亲的灵魂和心跳也带走了。二姐说，她发现母亲时，母亲像一截木头一样笔直地横在地上，摸不到心跳，任凭捶胸敲背、大呼大叫，都没用场。好在去医院的路上，母亲的心跳又凭空而来。二姐说，是一辆大卡车的喇叭声把母亲叫醒的。谢谢你，司机兄弟！二姐说，母亲的心跳至少停止了二十分钟。医生说，我母亲的命真大。确实，二十分钟，在阳间，还不够赶到医院，但在阴间，足以踏上不归路。

先送县医院，下午三点转到省医院……这一切，我都不知道。没人告诉我，大家都瞒着我：家人，朋友，包括有关领导，都认为我在接待一位国际贵宾，是件大事情，不应该让我分身担心。

殊不知，我正愁死人呢。这一天，如果我去卜卦，一定是凶象。虽然母亲这边的事被人蛮横地按了下去，但奈保尔那边又生生地翘将起来：原定早上九点从上海出发，赶到杭州吃午饭，却一拖再拖，迟迟不上路。问缘故，说有意外。意外？什么意外?！再三问，那边终于吐露实情：早晨洗澡，不慎滑倒，左肩膀着地，现在医院拍片检查。事后我算了一下时间，两位同龄老人几乎是在同一时段倒地，被医院召了去，怪不怪，你说？

这一天，有点奇。

老年人进医院，天晓得什么时辰能出来。我傻了，因为第二天下午两点，我同奈保尔有个公开对话活动，在杭州图书馆五百座报告厅，活动预告已提前两天登报，五百张门票在第一时间被抢购一空。现在对话的一方——尊贵的一方——在医院拍片检查，这可怎么办？

没办法，只有烧香。

我们真烧了香：我和新经典文化有限公司董事长陈明俊兄。后者是奈保尔著作在中国的唯一出版人，也是我和奈保尔此次见面的牵头人。虽然我没有询问过，我直觉陈兄心中一定有佛。事实上，奈保尔夫妇都是虔诚的佛教徒。

五

也许是烧香灵验了。

当天下午三点半，奈保尔一行从上海启程，将近四个小时后，出现在我们面前。尽管我对他的身体状况有所预知，但也许是临时伤痛之故，我看到的样子比我料想的要糟得多：他瘫在车里，根本不能行动，下车时动用了宾馆四位保安，他们小心翼翼，左右为难，像在搬弄一件易碎品。我上前跟他握手，手心里全是冷汗，凉飕飕的，且无一丝力气，感觉像握了一块肉。我说："先生，我十二年前（其实是十四年前，因紧张出了口误）就认识你，当然不是你真人，是你的书。"他端着一脸憔悴，问我什么书，声音幽到经不起风碰。我说是《米格尔街》。他似笑非笑，目光迷离，半天张不开口。他夫人见了连忙接过话头，对我说："那是他早期的一本书，奈保尔很喜欢这本书。"我说："我也很喜欢，一度把它当作我学习写作的教材，看了很多遍。"他终于说了句什么（翻译没有传译），一边向我伸出手，好像在对我示意，其实是在兀自颤抖，越来越颤抖。我连忙又握住他手，只是为了让它停止颤抖。但我感到自己的手也在颤抖。

是的，接待这样一位病弱交加的高龄贵宾是件冒险的事，如履薄冰，如临深渊啊。

相比，六十四岁的奈保尔夫人高大，健硕，健谈，怎么看都不像一个花甲老人。她是印度人，大眼睛，浓眉毛，高耸的鼻梁，宽厚的鼻翼，像喜马拉雅山一样凸立，左侧鼻翼上缀着一粒碎钻，在灯光下晶晶亮。她对人热情，豪放，说话声音高亢，粗犷，像在草原上长大的。还有一位助理，三十来岁，曾经是银行职员，因为崇敬先生，甘愿全职为他服务。他比我高整整一个头，身板挺拔，身手敏捷，剃个小平头，像个水手。没有他俩，奈保尔也许只能困在病榻上，冲着英国的天花板，对遥远的中国空思妄想。现在可以说，奈保尔的中国行是圆满的，这圆满是靠这两人的四只手合拢、围成的。

六

好了，不管怎么说，奈保尔终于来了，我们都如释重负。

就在这种情况下，人来了，我吊着的心着地了，我妻子终于熬不住（已经熬了一整天），向我道明母亲病重的实情。她心里也担心有意外。不过她是矛盾的，一边是担心，另一边也是担心：对方远道而来，且为国际贵宾，我这个当主人的岂能临阵逃脱，甩手不管？我走了，整个场面抽了主心骨，万一怠慢了贵宾，以致其发脾气，闹情绪，耍大牌，取消明天活动，我又怎么收场？她尽量安慰我，母亲病情稳定，也有人陪护，我可以等陪客人吃完饭再去看她。

开始我也这么思想，我不能走，走是失礼的，可能也是失策的。但在登车去餐馆的一刹那，我改变了主意，直奔医院……已经没人为我服务，我只好自己开车。天已黑透，且下着雨。雨越下越大。关键是我心乱如麻，好几次我眼前一片黑暗，车子当街停在那儿，只听到雨刮器唰唰的声音，好像车子已抛锚。杭城本是小的，但那天晚上我觉得比非洲撒哈拉沙漠还要大，怎么也穿越不了。当我下车时，内裤都湿透，不是雨水，是汗。什么叫心急如焚，什么叫焦虑万分，什么叫“压力山大”，那天晚上我真正领教了。

母亲的状况还算好，但病因尚未查出来，她身体里有地雷，不知埋在哪里。奈保尔那边的情况似乎也好，正常吃了饭，回宾馆睡觉了，没有闹情绪。但谁晓得这是不是真相？我知道，即使奈保尔已拂袖离去，他们也会瞒着我，就像瞒着我母亲的病情一样。想着奈保尔过往的一些做派，他闹情绪完全是有可能的。他也有理由闹情绪：我拖着这么病弱的身体和伤痛来践约，你却不领情，不感激，不顾大局，不辞而别，不像话……我就这么想着进入梦幻，看见奈保尔已经连夜返回上海。

这天晚上，我只睡了一个小时，睡不着。大部分时间我都在盲目的恐惧和内疚中胡思乱想，浮想联翩。一个念头安慰了我，在母亲的生命安危面前，我有权放下任何礼数和利害，我有道德豁免权。另一个念头也安慰了我，母亲是给我生命的人，我有义务、有责任让她的生命活得更健康、长久。这两个念头一起告诉我：即使奈保尔已连夜返回上海也不足惜，什么对话，什么贵宾，不过是名利场上的戏，说到底是为了满足虚荣心。既然是虚荣心，丢了也罢，甚至我需要学习把它丢掉。

人在特定的时候总会有些特定的想法，正是这些想法让我痛下决心，明日上午我还要留在医院。母亲病情不明，要做各种检查，然后会诊。家里虽然有几位亲人在，但都生活在乡下，不会说普通话，进了城，像出了国，做什么都缩手缩脚，没有自信，让我也没信心把母亲交给他们。我决定继续留在医院，直到查明母亲病情为止。如果需要，我也做好了单方面取消对话的准备。

七

按计划，第二天上午我要陪奈保尔一行游览西溪，中午在我家吃饭。我黎明前才睡着一会儿，醒来发现雨止了，天放晴。一夜雨水，尘埃落定，空气清新得想张口喝，我昨日的霉运似乎也被雨水洗涤干净。吃早饭时，妻子发来短信，说奈保尔昨夜休息得很好，现在精神不错，他夫人很关心我母亲的病情，祝老人家早日康复。正准备回信，又跳出一句话：奈夫人说今上午游西溪有我和陈总陪即可，你安心陪母，如病情稳，回来吃午饭。我的心情顿时像天气一样晴朗，几个小时后，更是晴空万里。几项重要检查出来，医生跟我拍了胸脯，说母亲并无器质性病原，昨日的惊险是拉警报，挺过来就好了，目前绝无生死之虑，让我放心回家接客。

这时已十一点多，奈保尔他们已经游完西溪，准备去我家午餐。我立刻上路，以最快的速度和良好的心情赶回去。他们先我十分钟到家，我进屋时一群人正在客厅里叽叽喳喳。奈保尔背对大门，坐在轮椅上，坐姿端正，不像昨天，四个保安也架不住他，像摊泥。我走到他面前，果然见他神气足，思路灵，不等我开口，先打问我母亲病情。我说很好，并向他道歉。他说："这不用道歉，要是我也会这样。人只有一个母亲。"我很感动，上去握他手，手暖暖的，软软的，像我母亲的手。我说："先生，我母亲与你同龄，但没你身体好，昨天差点去见莎士比亚了。"他摇头说："我也不好，但我希望我们都好，我和你母亲。"我说："这也是我的希望。"他说："谢谢。"

我想起昨夜梦中怒气冲冲返回上海的奈保尔，心想，这又是虚惊一场，跟母亲对我的惊吓一样。确实，奈保尔一点也没有责怪我失礼，他非常体谅我，反复宽慰我，像个和蔼可亲的慈父。

八

午宴不丰盛，但颇具特色。奈保尔是美食家，对吃很讲究，不吃肉；坐上轮椅后讲究更多，因为没有运动量，行动不便，有些食物不宜吃。为此，陈明俊专从海南请来一厨师（安妮宝贝的新作《得未曾有》的第一篇《拾花酿春》写的就是他）为他掌勺。厨师做了六道菜，没有一丝肉，却是道道有肉香鱼鲜，不愧为名厨。他还带来自酿的梨花酒，倒在杯中，米酒的色泽，梨花的异香，美酒的口感。听说奈保尔爱喝酒，我倒上一杯请他品尝。他端起酒杯看看又放下，说："好酒，但我不能喝，因为下午要同你对话。"这么节制，怎么有人说他是酒色之徒？

餐桌上有位苏州客人，一女孩，叫潇潇，是我好友王尧的女儿。她在收集名人手迹，知道奈保尔要来我家，提前一天到我家等着。我们以为的"小事一桩"，却被奈保尔助理明确拒绝，并不婉言。据说在欧洲，奈保尔一本签名书可以卖几千美金，要保这个身价，只有一个策略：尽量少给人签书。我为潇潇白跑一趟遗憾，也为自己不能向老友交差难堪。明俊兄知情后，亲自上阵同奈保尔说。先生听了二话不说，向助理讨来钢笔，爽快地在潇潇的书上签上大名，让我又添惊喜。

接下来的七八个小时里，奈保尔以各种方式不断地给我叠加慈祥、温和、达理、体贴人这种印象，仿佛要有意揭穿流言蜚语。在下午的对话会上，五百人的报告厅座无虚席，奈保尔有问必答，包括一些刁钻的提问。有读者问："你曾说过女性作家往往不如男作家，你不怕得罪女性吗？"奈保尔说："谢谢你给我机会申明，我从来没有这样说过，我只是说不喜欢写《傲慢与偏见》的那位女作家。"我想，他需要更正、澄清的谣传一定更多，但他从不理睬。有些名人善于在媒体面前包装自己，他不。"他没有时间做这些事。"他夫人在私下对我说，"他认为一个作家最好的包装是努力写，不停地写，争取不断超越自己。"我把这句话记在笔记本上。可惜，他本人对我说得很少，他太累了！

九

对话会结束，我们去了灵隐寺，这是奈保尔夫妇点名要去的。很遗憾，奈保尔最后未能亲自到大雄宝殿给菩萨烧上一炷香。灵隐寺里四处是门槛、台阶，我们抬着轮椅过了一坎又一坎，前面依然还有一坎又一坎。终于，他摇头了，要停下。我们问他是不是累了，他说："我不累，你们累了。我不能为了对菩萨表示虔诚，把你们累垮了。"他请夫人代他去烧香。我也烧了一炷，祈了一个愿，拜菩萨保佑我母亲和这位英国老人健康长寿。通过短暂的接触和交流，我已经爱上了这个被众声喧哗、飞短流长的老头子，不管如何，我看到的是一个慈爱可敬的老人。也许是岁月改变了他，但终归是他改变了自己，何况他的作品曾经照亮（改变）了无数人的心灵，而且仍将照亮（改变）更多的人。

到了该告别的时候了，我来到他宾馆的床前，于是看到、听到了如前所述的几个“第一”。其实，他次日还要在杭州待大半天，只是我要走，去上海参加书展，中午有活动，必须起早出门。参加完书展，第二天要北上京城，参加中国作协举办的汉学家大会。然后又要南下广州，参加南方国际文学周。这些活动早在几个月前安排好，没有不可抗的力量，我没有理由缺席。

不用说，我还得去跟一个人告别，就是母亲。下午我已跟主治医师电话联系过，道明我将出差一周，行不行？医生说行，让我放心走。我到医院时已经十点多，母亲本来就睡得早，今天又被一堆仪器接连折腾，累得不行，睡得酣酣的，呼呼地打着鼾，像个孩子。我先在母亲床前站着，实在太累，站不住，就找来凳子，在床前坐下，双手扒在床上，头枕着母亲的膝盖，一会儿就睡过去了。

我也太累了！

我知道，生活不该这样，但生活就是这样。

2014 年 8 月 26 日夜完稿

博尔赫斯与我

他带来了那些基本的词语
时间会把它们组成的语言
抬举为莎士比亚的音乐：
夜与昼，水与火，色彩与金属……
——博尔赫斯《一个萨克森人（公元449年）》

一九八六年，我最值得炫耀的是年轻和健康，除此之外，我几乎什么也没有，没有恋爱，没有存折，没有忘不掉的欢乐，也没有驱不散的痛苦，生活对我来说似乎还没有真正开始。与此同时，在万里之外，在球星马拉多纳的国土上，一位双目失明的作家，他最缺少的恰恰是年轻和健康，高龄和疾病正在无情地折磨着他，不断地向他敲响生命结束的钟声。当他预感到这点时，他跟那些步入生命末日的老人一样，执着地选择了自己的葬身地：日内瓦。旅行是他人生的一大嗜好，伴随着死亡的脚步，从布宜诺斯艾利斯到日内瓦，这成了他今生现世的最后一次旅行。

一九八六年六月十四日，这位老人在日内瓦与世长辞，他就是我心中的英雄：博尔赫斯。

在我的身边，没有人不知道，博尔赫斯是阿根廷人——燠热潮湿的南美洲，是他的大陆。博尔赫斯出生于阿根廷首都布宜诺斯艾利斯，青少年时代他随父母亲待过不少地方，包括日内瓦，而成年后他基本上也没怎么离开过这座城市。与布宜诺斯艾利斯相比，我感觉日内瓦只是他少年求知途中的一个驿站，就像我们很多人年轻时都有一段在外地求学或谋生的经历一样。令人匪夷所思的是，他独独选择日内瓦作为他与世诀别的地方，而不是布宜诺斯艾利斯或者其他地方。这成了他作为一个“迷宫制造者”给我们制造的最后一个谜。

告诉你们，我已经荣幸地解开了这个谜，但我不会跟任何人说的——我不告诉你，就像莫言先生有一次当着不少文学家的面这样说道：“造长篇小说的秘诀我知道，但我不告诉你。”因为“不告诉你”，你们可以怀疑我的“坦率”。这无所谓的。我现在要说的是：当你们懂得怀疑时，就等于喜欢上博尔赫斯了。因为怀疑，或者说制造怀疑，正是博尔赫斯最擅长并乐此不疲的。余华在《博尔赫斯的现实》一文中这样写道：“在他的诗歌里，在他的故事里，以及他的随笔，甚至是那些前言后记里，博尔赫斯让怀疑流行在自己的叙述之中，从而使他的叙述经常出现两个方向，它们互相压制，同时又互相解放。”

很难想象，失去这种叙述方式，博尔赫斯的作品还会让人感到那么浩瀚，那么深邃，那么无穷无尽吗？其实，如果从作品数量而言，他一生的作品还不及我们身边有些人一年写下的多。好在文学从来不是以数量取胜的，否则，文学早给那些人糟蹋得不像样了。

我说过，刚刚说过，一九八六年的我除了年轻和健康什么也没有，这个没有当然包括没有文学，也包括没有博尔赫斯。事实上，在博尔赫斯生前，我连他的一个字都没碰过。这本来不该算我的错，但后来由于我对博尔赫斯产生了过度的崇敬，这竟然成了我常常对自己发出蛮横责骂的一个大不是。我有些天真地想，如果让我在博尔赫斯生前结识这位大师，那么他的溘然长逝一定会成为我的一次巨大悲痛，真正的悲痛。一个人需要真正的悲痛，否则那些小打小闹甚至自作多情的悲痛会把他毁掉的。为什么那些深宅大院里很难走出来一个硬朗的人，原因就是他们只生活在“蜜蜂的飞舞”中。他们可能经常会痛苦得叫爹叫娘，但所谓的痛苦只是被蜜蜂甜蜜的小刺蜇了一下皮表。在博尔赫斯的一篇诗作《白天的晚些时候》里，有一个这样的人，他被一条灰色的毒蛇吓死了，临死不禁泄出了“银色的甜蜜的尿液”——有人居然将它译成“洁白的糖尿”，感觉他像是个糖尿病人，所以才弱不禁风，才会被吓死掉。哈哈，有趣的误译。说真的，阅读经人翻译的博尔赫斯作品，有时真觉得是一件冒险的事情，你不得不随时做好捶胸顿足的准备。但这是没办法的。好在我们有个了不起的王央乐先生，是他首先把博尔赫斯作品送到我们面前的。由于他把头开得相当不错，使得后来者对博氏作品的翻译始终保持着一种相对的谨慎和高度。

说真的，这是必须的。

我没有忘记，我第一次读博尔赫斯小说的时间是一九八七年春天，在南京鲁羊家里。当时鲁羊还不叫鲁羊，也不像现在的鲁羊，可以尽管待在家里，除了少有的几堂课的时光。那时候他在出版社谋生，单位像根绳子一样拴着他。这天，单位又把他牵走了。也许怕我一个人在家太无聊，出门前，他从书堆里抽出一本《世界文学》杂志，建议我看看福特的两篇小说。我看了，但福特的僧尼一般冷静又干净的语言没有叫我喜欢，于是就顺便看了另外几个栏目，其中有个《拉美文学》专栏，是王央乐先生翻译的一组博尔赫斯的短篇小说，有《小径分岔的花园》、《巴别图书馆》、《沙之书》和《另一个我》四个短篇。

当时我对博尔赫斯一无所知，所以开初的阅读是漫不经心的，似乎只是想往目中塞点什么，以打发独自客居他屋的无聊。但没看完一页，我就感到了震惊，感到了它的珍贵和神奇，心像漂泊者陡然眺见陆岸一样激动起来。哈哈，天晓得那天下午我有多么辛苦又兴奋！我很快就得出结论，捧在我手上的不是一个作品或作家，而是一个神秘又精致、遥远又真切的新世界。这个世界是水做的，又是火做的，因而也是无限的，复杂的，它由一切过去的、现在的和将来的事物交织而成，而我仿佛就是交织的网中的一个点、一根线、一眼孔。阅读中，我不止一次地深深感到，我被这个框在黑框框里的陌生人扯进了一个无限神秘怪诞的，充满虚幻又不乏真实的，既像地狱又像天堂的迷宫中。这个迷宫无所谓正确的路，也无所谓错误的路，不存在捷径也不存在死胡同，每一个拐弯都能通向一处胜地，而且它延伸的方向不止前后进退，不止左冲右突，甚至腾天入地，甚至继往开来，或探幽析微，或括览风云，向时空的无限个方向伸展开去，构成一个立体的、多维的、斑斓而统一的庞大建筑。奇怪的是，在这个巨构中出现了那么多我心灵之外的东西，它们让我一次又一次地迷失，可我并不感到应有的慌乱和害怕，而是像浸入一段甜蜜宝贵的回忆中，重遇了一位久久寻觅的朋友。

如果要给“难忘的经历”定个义，这个下午就是答案，它可以安然放在“麦家最难忘的经历资料馆”中作为镇堂之宝。这是我阅读人生中的一次洗礼，它全然改变了我对文学的认识，甚至改变了我人生的道路。

如果说迷醉、感动我一个下午，不是件太难的事，那么要彻底迷醉、感动我，让这种迷醉和感动日以继夜、夜以继日地衔接起来，流动起来，风雨晨昏永不停歇，像某些传说里的爱情一样经典，这肯定是困难而艰巨的，“要比用沙子搓一根绳子还要难”，“需要悟透所有高级和低级的谜”。现在看博尔赫斯就是这样一个人，一个悟透了所有高级和低级的谜的人，他把我心灵的无数个白天和夜晚都以一种感动、迷醉的方式维持下来，流动起来。他甚至改变了我的形象，我不再是那个桀骜不驯的什么主义者，而是一个懂得了天高地厚的崇拜者。我敢说，我身边一个个自以为是的名作家也不乏这种感受和变化，只不过他们更喜欢在私下说而已。迄今为止，我只看到过一个人对博尔赫斯的作品提出责难，他是这样说的：

> 我不太喜欢博尔赫斯写的东西……他不是思想家，他是利用哲学问题作为文学素材创作的作家……他的作品只是一些片段，一些草稿，一些轮廓，一些小说构思的笔记和几行诗……在他写成的小说中，我比较喜欢的是《南方》、《乌尔里卡》和《沙之书》……

意思是说，除此之外，他就谈不上喜欢了。

是谁在这么大放厥词？

是他，博尔赫斯自己！

这说明了两个问题：一、除了博尔赫斯自己，没有人可以站到他的作品上去指手画脚；二、博尔赫斯也许很想看到一个对他作品发难的人，因为实在没有，他只好把自己请出来了。

想想，我们的作家是怎么惧怕人家对他作品的批评，甚至不惜挖空心思去主动组织一些吹捧奉承之词放之于世。这说明什么？说明我们距离哗众取宠太近，距离博尔赫斯太远；距离伪作的虚荣太近，距离真正的文学太远。一个作家在文学之路上，只有无限远离一头，才能无限靠近另一头，而博尔赫斯和文学的终极，都到了另一头。

探究一下造就博尔赫斯小说魅力的因素很有意思。

博尔赫斯的小说似乎总是那些故事，那些场景，那些遥远的、影子一样的人物。换句话说，他用来制造小说的材料是有限的，不复杂的：简单的故事，古老的身影，甚至常常出现雷同的东西。但他给读者留下的感觉却是无限的复杂，无限的多，经常多得让我们感到一下子拿不下，仿佛他随时都在提供新东西，而那些东西总是那么深不可测，采之不尽。

为什么会有这种效果？答案在他诡秘的叙述上。他之叙述粗粗看来，充满了精致的、陌生的措辞和比喻，它们首先迷惑了我们，让我们一时无暇去关注故事本身的走向。这感觉有点像看时装表演，表演完了，塞满你脑海的往往是那些稀奇古怪的服装，而不是模特的长相或表情，虽然她们的表情甚至长相都很近似，但你就是记不住，因为你本来就无暇去记她们。

这还不是根本的。如果仅仅是这样，那我们只要看两遍或三遍就解决问题了。关键是博尔赫斯的叙述还藏着更复杂、神秘的技巧：他希望达到的叙述效果，不是正常的设法让读者接近故事，而是远离。准确地说是：接近了又远离。他总是这样迷惑读者，先设法苦口婆心地给你制造一个东西，当这个东西造得无可挑剔、令你笃信无疑时，他突然又对你说：啊哟，这个东西原来不是这样的，我可能把它弄错了。我们不可能从他的叙述中抓住什么，抓住了什么，就要放掉什么，结果最后我们手上依然是空空的。这样，当他下回再向你转达同一东西时，你不会觉得他在重复，只会觉得更来劲，感觉像又摸到了上次从你手上滑掉的“那条鱼”。你以为这下一定会把它捉住，结果它又跑了，甚至跑得更远。

也有些东西是不会跑的，它们就在你眼前，但你还是无法抓住，因为它们永远亮在“玻璃的另一边”。这又是博尔赫斯叙述的奇妙。他从来不通过把什么推到很远让你抓不到（这就成神话或者童话了），相反，他常常把什么都推到你眼前，看上去一切都活蹦乱跳的，似乎伸手可及，却又永远抓不着。镜花水月，海市蜃楼，美不胜收，迷人炫目。在这种迷人的景象面前，我们把他的小说说成魔幻也好，迷宫也罢，甚至说成游戏，都是可以理解的。难以理解的是，他的这一切不知从何而来，又不知向何而去。

坦率说，在这世上能让我感到光荣和幸福的事情并不多，我甚至没感到生活在爱情或金钱中是光荣幸福的。但沉醉在博氏书籍中，我确实被光荣和幸福通体笼罩，浸浴其中。十多年来，他漂洋过海伸出的手越来越亲切又深刻地触摸着我，温暖着我，给了我各种各样的愿望和力量，使我的生命获得了某种伸展和灵敏。我就像棵不错的树，在对博氏作品不倦的阅读和想象中长出了枝枝丫丫，长出了粗根龙须。有时候，我觉得他的书籍很像一位饱经风霜因而变得温和善良又智多识广的长者，与其在一起远比跟一个惊惊乍乍的女人在一起更真实，更快乐，也更占有眼前的世界，和内心的自己。

希腊诗人埃利蒂斯说，每个人心中都有自己的英雄。我曾经推崇卡夫卡为心中的英雄，但现在我心中还有一个英雄，就是博尔赫斯。这位失了明却依然长年蛰居在图书馆里的文学大师，尽管和满腹哀怨的卡夫卡有着截然不一的创作风格和热情，可我感到他们是一种高度的对垒，是一种能量的正反面，就像国王和狮子，蛇和阴险的女人：他们在我心中具有相等的形象，相等的质量。

2000 年 8 月 19 日完稿

博尔赫斯与庇隆

高乔人赢了；
胜利是他们的，
这些野蛮人……

——博尔赫斯《猜测的诗》

一

一九八六年严冬——如果以博尔赫斯的生平做参照的话，就是他去世不到半年的时候，我在江苏周庄写了第一篇像样的小说《变调》。标题是捡来的，写的倒都是自己的感受：青春的苦闷，力比多的作怪，为赋新词强说的愁，诸如此类。小说到一年多后才发在《昆仑》杂志上（一九八八年第一期，该杂志于一九九七年停刊），这也是我的处女作。小说发表后不久，我收到了中学语文老师的一封信，他高度赞赏了我，封我为“母校历史上的第一个作家”。老师姓骆，年轻时写过诗，一度当过县委宣传部副部长，是我们家乡出名的人物。我本算不上他钟爱的学生，我们的交情更多的是建立在我离校后，尤其是写小说后，也许是我的文学热情唤醒了他已逝的梦想。在以后日益紧密的交往中，他间接、直接地对我有过这样的教诲：文学与政治之间没有可以沟通的“明路”和“暗道”，我既然想当作家就必须远离政治，否则“你在编织别人不幸的同时，也将给自己带来不幸”。

这个出自中学老师之口的简单道理，似乎并没有被知识渊博的博尔赫斯所懂得，他与庇隆——庇隆政权——之间有始无终的纠缠，无疑给他带来了巨大的不幸。这不幸首先是体现在他在政治上惊人的无能和任性，然后是他的作品失去了一大批具有“政治头脑”的崇拜者，而最终导致了诺贝尔文学奖与这位文学大师擦肩而过。如果时间真的像博尔赫斯说的一样，是“循环交叉的”，那么有一天当博尔赫斯再度开始他灿烂的文学生涯时，请他记住我中学老师的教诲也许是很有必要的。那样的话，我们或许会看到一个更加完美、更加幸福的博尔赫斯。当然，这样的话，下面这样的诗句我们也就看不到了——

我犯下了人类所能犯的
最深重的罪孽：
我从不感到幸福

打住！我不止一次地发现，只要我们套用博尔赫斯的逻辑推理，所有的事情都会变得荒诞、混乱、虚妄、无聊，将我们可怜的心智变得更加可怜。这就是博尔赫斯的神奇：一切都仿佛置身于迷宫中，又像是在梦中。

二

庇隆是个什么人？

他一度像博尔赫斯尊敬的祖父一样，“是个戴上校军衔的军官”。和博氏祖父不一样的是，这位上校军官具有强烈的政治热情和灵敏的政治头脑。和当时掌握阿根廷政权的自由主义者和知识分子相比，庇隆也是不一样的，他满脸笑容，收音机里的声音十分友好动听，朝后梳的头发乌黑发亮，身边还时常站着一个头发金色的漂亮女人——她就是庇隆后来的妻子爱娃。正是靠着这些骗人的绅士风度和一些“悬空的承诺”，庇隆获得了成千上万的支持者。四十年代初，他利用阿根廷民主政治的失败和历届政府的软弱，成功地在政府中巩固了他的地位和势力。不过，在博尔赫斯看来，有地位也好，势力大也罢，他充其量只是个“外省的暴发户”，是个“野蛮的高乔人”，是“阿根廷的噩梦”。一九四三年，眼看着这个“服饰讲究、权欲熏天的军阀”在政府中屡屡得势、日渐坐大的样子，博尔赫斯似乎预见到了阿根廷的未来，并把他的预见写成一首诗公布于众。这首诗题名为《猜测的诗》，这样写道——

高乔人赢了；
胜利是他们的，
这些野蛮人……

当时博尔赫斯虽然已经写出了很多像《小径分岔的花园》这样后来享誉全球的小说，但他的名气远没有后来那么大，更多的只是在圈内。可以肯定，当时庇隆并不知道博尔赫斯这个人，但是通过这首《猜测的诗》，他不可能不知道了。一个诗人或小说家，对一个“野蛮人”来说是难以记住的，但是对一个谩骂他的人，一个已经预见到他即将得势却又公然蔑视他的人，他又怎么可能记不住呢？忘恩记仇可是野蛮人的本性。不用说，正是这首艺术上并不见长的《猜测的诗》——“政治的诗”，博尔赫斯把自己轻率地推到了庇隆面前，同时也把自己推上了“政治舞台”。这会给博尔赫斯带来什么？博尔赫斯在猜测阿根廷未来政局的同时，对自己未来的命运也做了猜测——

在这黑夜的镜子里，
我追上了我，
那张无可怀疑的脸。
我踩上了寻找我的长矛的阴影。
我死亡的嘲弄，骑兵，鬃毛，
战马……向我逼近，
坚硬的矛刺穿我的胸膛，
锋利的刀割断我的喉咙。

不论是对庇隆，还是对自己，博尔赫斯的猜测都是十分准确的。一九四四年，四十七岁的庇隆出任阿根廷副总统，两年后又顺利当选总统。一九四六年六月，庇隆就职总统后两个月，博尔赫斯失去了米格尔·卡内图书馆的公职。失去就失去，问题是失去的同时庇隆政府又专门给他安排了另一份新的公职：科瓦多街鸡兔市场检查员。别说明眼人看得出来，就是一个瞎子摸也摸得出来，让深度近视、手无缚鸡之力的博尔赫斯去做这份工作是荒唐的，也是恶毒的。对此，博尔赫斯除了拒绝，别无选择。当然，借诗发发牢骚是免不了的：

那个不知名的冷酷无情的神，
把恰如其分的工具给了他选中的人：
把黑暗的墙壁给了弥尔顿，
把流浪和遗忘给了塞万提斯。
记忆中得以延缓的东西归于他，
归于我们的是渣滓。

三

如果说当初博尔赫斯作《猜测的诗》抨击庇隆显得过于任性和幼稚，那么现在庇隆如此明目张胆又恶毒地回击博尔赫斯，同样显得过于任性而缺乏政治风度。毕竟，博尔赫斯从本质上说只是一个文人。从客观上说，这个文人在阿根廷作家圈内不是没有一点影响力。庇隆对博尔赫斯甩出的恶毒的“最初一击”，非但使自己在相当一部分作家圈内失却了信誉，而且也预示着以后他当政期间将始终有一个叫人头痛的声音陪伴着他。这个声音很快就在一次宴会上放开了喉咙——

> 独裁扶植了压迫、奴役、残暴，更可恨的是扶植了愚昧……一对曾经偷偷摸摸性交的男人和女人，如今虽然可以堂而皇之地性交，却又在偷偷摸摸地干着国家大事……今天的阿根廷比历史上任何时候都屈辱、黑暗……

作为博尔赫斯的老朋友，《南方》杂志没什么犹豫地刊登了这篇几乎毫无顾忌的发言稿。庇隆深感头痛，但对一个已经失去公职的无业人士，他似乎也想不出什么办法治理他。这下博尔赫斯尝到了甜头，胆子变得更大。一九四七年，博尔赫斯和比奥伊合作编著《怪物的狂宴》，对庇隆政权进行了露骨的讥讽，以致当时阿根廷没有一家刊物胆敢刊发，包括一向支持博尔赫斯的《南方》杂志。莫内加尔一直是博尔赫斯忠诚的支持者，据说当他看过此文后，"深感博尔赫斯憎恨庇隆的程度已近于歇斯底里"。有人指出，在这篇文章里，博尔赫斯对庇隆和他的政权的发难已经到了"不择手段"的地步，有些说法更近乎猜想，还有一些甚至是"他作为一个小说家凭空编造的"。这篇文章当时没有发表出来，应该说对博尔赫斯不是一件坏事。因为如果这些猜测坐实，博尔赫斯无疑要背负起光天化日之下利用文学之禀赋为政治站队提供便利的恶名。但是，发不发表都说明博尔赫斯对庇隆和庇隆政权的憎恨已经从开始的无意变成了刻意，从模糊变成了清晰，从而变成了一种个人化的情绪和努力。他也许以为通过自己的一些努力会把庇隆扳倒，所以不愿罢手，甚至有意团结部分作家，指望"人多力量大"。

这当然是十分幼稚的。事实上，从他公开反对庇隆起，这位“口吃的、胆小的作家”在面临政治压力的同时，也面临了诸多意想不到的非政治的压力。昔日好友萨瓦多，因为实在忍受不了他对庇隆的固执和任性，终于与他分道扬镳；忠诚的支持者莫内加尔，因为常常感到无所适从，禁不住也发出这样的感叹——

如果允许我选择，我更愿意跟他的作品在一起。

令博尔赫斯羞怒的是，他七十二岁高龄的母亲莱昂诺尔和妹妹诺拉也受到了“天大的污辱”：因为一个平常的在大街上的“驻足围观”，诺拉被关进了布恩帕斯妇女监狱的妓女牢房，莱昂诺尔被判处在本宅软禁一个月，等等。这一切，不可能不影响博尔赫斯正常的心情。他的心情怎么样呢？对此，埃斯特拉·坎托最有发言权，因为当时博尔赫斯正在和她“谈情说爱”。埃斯特拉说——

他当时的心情糟透了……有一阵子，他提出想跟我结婚，也许是以为结婚会改变他的现状。可我怎么可能跟他结婚呢？至少目前，我无法把他看作我的丈夫……我不是害怕嫁给他，而是无须嫁给他——我嫁给他毫无意义……

埃斯特拉说得有些躲闪和隐晦，但博尔赫斯的心理医生米格尔·科恩·米勒不准备躲闪，他在日记中会明明白白地告诉我们，隐晦的背后是什么真相——

> 那时候，我在五月广场附近有一家诊所，有一天，佩罗把博尔赫斯带来，说希望我帮助他“克服胆怯”。后来，我发现他真正需要克服的是“性无能”……所有男人一旦面临这种事，总会变得十分胆怯的……有一点可以肯定，博尔赫斯的“性无能”不是什么大不了的事，主要是由于情绪焦虑和一些外在因素引起的……

我想，科恩·米勒告诉我们的已经是一种极限的东西，它说明博尔赫斯当时的状况确实是很不好……简直糟糕透了！这当中，庇隆即使负不了全责，起码也要负一半的责任。事实上，庇隆让博尔赫斯受的屈辱远比我们知道的多，甚至比我们想的还要多。这一点，我们从庇隆下台后，新政府一下给他两个公职上也可以看出来。

应该说，幸亏庇隆执政命数不长，否则博尔赫斯会怎么打发余生，这是现在的我们，包括当时的博尔赫斯，都难以“猜测”的。

四

西方有一种理论，说一个人身上的善和恶是平衡的，一个人一生受到的光荣和屈辱也是相等的。且不说这理论正确与否，起码博尔赫斯为庇隆所受的屈辱，除了他自己铭刻在心外，新政府也没有忘记。一九五五年，庇隆政权垮台，新政府一下补偿性地给博尔赫斯两份美差。两个差使都是博尔赫斯喜欢又擅长的：一个是布宜诺斯艾利斯大学文学教授，另一个是阿根廷国立图书馆馆长。前者容他授业和释放，使胸中丘壑有所出，后者供他汲取和烘焙，使学识令名有所养，似乎考虑周全，异常完美。它们纷至沓来，弄得他一时有种“多得接受不了、盛不下”的感觉。尤其是后者，不论是恰到好处的工作内容，还是强烈的荣誉形式，都具有极大的补偿意义。以荣誉而言，这也是博尔赫斯一生中在他自己的国度里得到的最大荣誉。博尔赫斯在回忆那一天—— 一九五五年十月的一天，赴玫瑰宫站在阿根廷代理总统面前接受任命时这样说道：

> 真有意思，玫瑰宫里见不到独裁者了，我平生第一次和共和国总统握手，像是一场梦……

遗憾的是，当时博尔赫斯的双目已经基本失明。为此，他在自传里这样写道：

> 上帝赐给我八十万册书籍，
> 同时也使我失去光明，
> 这真是妙不可言的嘲弄。

博尔赫斯一再申明，到国立图书馆当馆长不是他的爱好，更不是他谋求的结果。我们可以完全相信他说的是真话，但是当不当这个馆长对博尔赫斯是截然不一样的，我们甚至可以说博尔赫斯后来的一切——走出布宜诺斯艾利斯，走出阿根廷，走向世界，享誉全球，名震四海，等等，所有的幸运和光荣，都是跟他当这个馆长分不开的。说来仿佛难以置信，虽然博尔赫斯的大部分作品，包括那些至今被世界文坛顶礼膜拜的佳篇美作，都是在当馆长之前创作并发表的，但是就影响而言，主要集中在“内部”，在他平时交往的狭小的圈内，几乎连阿根廷的本土评论家也很少关注他，“表示敬意”的更是寥寥无几。一个平时并不引人瞩目的人，猛然成为阿根廷国立图书馆馆长，这本身就是一则新闻，加上部分政治因素，博尔赫斯几乎在一夜间成了社会名流，成了焦点人物。就像旮旯里酿了多年的好酒，突然在名流云集的派对上被人拍掉泥封，瞬间酒香四溢，征服全场。从那以后，他的名字和形象频频出现在新闻媒体上，这时候他自己想默默无闻都困难了，谁要想忽视他，同样也不容易。就这样，博尔赫斯从沙龙中走了出来，走向了社会大众，走上了舞台。

一个空洞的人站在舞台上会显得更加空洞。博尔赫斯显然不是这种人，他是个神秘的人，喜欢沙漏、地图、迷宫、十八世纪版式的书籍、玫瑰色的街墙；他是个怪诞的人，他用休谟、贝克莱、叔本华、赫拉克利特等哲学家的头脑思考问题，并作诗、写小说——利用哲学问题来进行文学创作的，他不是第一个，却是最好的一个；他是个多情的人，但他的感情很少甚至可以说是从未得到过回报，他用读书和写作来驱散因此而来的痛苦，他觉得很幸福；他是个盲人，但他读的书比谁都多，而且到死都还在不停地买书、读书、写书；他不是个国家主义者，他不以阿根廷为光荣，但阿根廷为他感到光荣……总而言之，博尔赫斯就像一件稀罕的古董，一旦捧到手上，没有人不会发出惊叹声的。这样一个人，一旦被“曝光”，站在舞台上，聚光灯下，他就会变得很高大，走得很遥远。

如果说以前的博尔赫斯是个耕耘的人，苦闷的人，那么一九五五年庇隆下台后，他的命运发生了转机，他开始变成一个收获的人，幸福的人。促使他命运发生转变的因素里面，有一个暗藏的机关，就是新政府为补偿他以前在庇隆手上受到的屈辱而授予的这顶国立图书馆馆长的“礼帽”。这顶帽子会神奇地演化出那么多“魔法”，即使是睿智的博尔赫斯自己也是万万没有想到的，庇隆和美人爱娃就更不可能想到了。要说想到的是我们的老祖宗，早已有言在先：祸兮，福之所倚。

五

请不要过早为博尔赫斯击掌鸣好，所谓“祸兮，福之所倚”只是半句话，还有半句话：福兮，祸之所伏，对博尔赫斯一样是灵验的。我们来看看，博尔赫斯在大喜之时又面临着何等的祸水。

祸水还是源自他由于“庇隆情结”而蓄就、纠结的个人化的政治热情。出了名的博尔赫斯有机会四处走一走，而且走到哪里说到哪里。也许是失明的缘故，或者是见得多了，此时的博尔赫斯不再对讲台胆怯，甚至连口吃的毛病也好了。总之，他现在口才变得很好，众所公认的好，到哪里演讲台下都是满满当当的，说什么都令人叫好。问题是谁也不敢保证，他的台下坐的都是纯粹的文人、学者，有时候因为个别人别有用心的操度，“容易上当受骗”的博尔赫斯常常会在不知不觉间把一堂精妙绝伦的“文学课”演变成一场捉襟见肘的“政治课”——

我一向信奉民主，但现在不了。

我认为阿根廷在今后五十年或者也许是一百年应该进行选

举。不过现在我们对那种事情还有准备。当共产主义已经潜入我们所有的邻国时，我真的不知道会发生什么事……

我现在不是，也从来不是以前所谓的道德说教者或者寓言作家，或者如今所谓的“任务作家”……我是个保守党成员，那本身就是怀疑主义的一种形式，从来没有谁把我指认为共产党人、民族主义者、反犹分子、小魔王比利或者独裁者罗萨斯的追随者。我相信，有朝一日我们应该没有政府……

我相信革命，并且一直耐心地在等它到来。革命不会有政治领袖，不会有宣传口号和旗号……人们谈起新的什么革命时，我总是问道：“你们打不打旗号?”如果回答是肯定的，我就知道那不是我拥护的革命……

说真的，谈文学博尔赫斯是一把好手，但要说政治，他简直叫人担心。尽管莱昂诺尔（他母亲），包括博尔赫斯自己都想远离政治，但他总是一不小心老毛病又犯了。无法摆脱政治，这几乎成了他晚年的一个顽疾，一个无法驱除的恶病。博尔赫斯这么智慧又洒脱的人，一个以想象为生的文人，为什么独独在“这个问题”上老是纠缠不清，简直不可救药?

根源还是在庇隆头上!

庇隆的下台并不意味着他死亡，更不意味着他的众多追随者已经烟消云散。从某种意义上说，庇隆和博尔赫斯一样，不是个认输的人，也和博尔赫斯一样拥有大批追随他的人。他在流亡国外期间——漫长的十八年，他和他的追随者们从没有放弃“东山再起”的雄心，而且随时都可能东山再起。这一点博尔赫斯是看明白了的，同时博尔赫斯还明白一点，就是：只要是支持庇隆再起的，他就反对，反之他就拥护。这种鲜明的政治立场难免显得简单化，也难免容易被人利用和责难。为此，他付出的代价是惨重的。

作为一个作家，最高的奖赏无疑是拿到诺贝尔文学奖，从文学意义上说，博尔赫斯获此殊荣是众望所归。一九七〇年十月，意大利的《晚邮报》为当年诺贝尔文学奖得主问题做了一项全球性的调查，结果表明博尔赫斯的得票数“雄踞榜首”。以往《晚邮报》的预测总是“十猜九中”。换句话也可以说，《晚邮报》的调查结果表明，博尔赫斯离这个世界最高文学奖只差一步之遥了。正当人们信心满满地准备喝博尔赫斯的欢庆酒时，瑞典文学院公布了获奖人名：亚历山大·索尔仁尼琴！

为什么不是博尔赫斯？一时间大报小报反应强烈，并做出了种种猜测，最终都集中到一点上：瑞典文学院无法接受拉努塞政权——这是一个比庇隆更拙劣的独裁者，更不能接受博尔赫斯“一头扎进与极端反动政权合作”的立场。

如果博尔赫斯以此为戒，从此把他那张并不叫人心悦诚服的“政治嘴脸”收藏起来，那么一年一度的诺贝尔文学奖对他来说还是机会多多的。但任性的博尔赫斯会吗？

不会。

庇隆也不会。

一九七三年九月，庇隆以百分之六十的得票率再次当选总统，博尔赫斯不会无动于衷。就在庇隆再度入主玫瑰宫后的没几天，博尔赫斯便“爽快地”接受了《新闻周刊》的采访，并侃侃而谈起来：

> 庇隆是个二流角色，他没有什么了不起的，他死去的话就好像什么事都没有发生过。他对国家没有影响……

谈起伊莎贝尔·庇隆（著名的爱娃去世后，庇隆娶她为妻），博尔赫斯尤其刻薄，连同爱娃的亡灵一块嘲讽道：

> 跟他前妻一样，也是个卖笑的，而且还低一个档次——可怜的东西！第一个死了，当然应该找个替代的——找个卖笑的替代太容易了……

记者问他是否感觉到新政府的威胁时，他的回答强硬中又藏有机智——

> 没有。丝毫没有。首先，我和这个我不信任的政府没有接触；其次，他们知道如果伤害我会引起国际反应的，他们不会这么蠢，给自己找麻烦；再说，我帮了他们忙，我使世界更关注阿根廷。我自己辞去图书馆的职务也是帮了他们忙，免得他们为了撤我职而犯难——我认为辞职的做法很体面……

也许是上次教训的结果，这次博尔赫斯在庇隆上台之前，就主动辞去了馆长职务。这倒是个聪明的做法，起码庇隆不可能再对他搞什么“鸡兔事件”了。但是威胁是少不了的。有一次他九十八岁的母亲接到一个电话，说要马上过来“宰了她”。老人家把详细的地址告诉对方，并且叫他赶紧过来，她等着呢。对一个快一百岁的老人来说，死显然是没有威慑力的。不过，还有一次倒是很有威慑力——有人在他们家门口放了一枚足以炸死全家人的炸弹，幸亏没有引爆就给排除掉了。

只要博尔赫斯不闭嘴，类似的事情绝不会少。好在庇隆福泽有限，不到两年就归了天，而伊莎贝尔·庇隆又不争气，转眼间被人夺了政权。这下博尔赫斯很是庆幸，庆幸的方式是对新政府表示“热烈又公开的欢迎”。当新政府领袖魏地拉将军对他发出共进午餐的邀请后，博尔赫斯丝毫没想到应该拒绝，而且事后还要错上加错地对外宣布魏地拉的军政府有“绅士风度”。其实，当时稍有点头脑的人都看得很清楚，魏地拉是个比庇隆还要祸国殃民的货色，博尔赫斯公开支持他完全是一种弱智的表现，无异于等人来诋毁他自己。敌人的敌人就是朋友，是一句政治上颠扑不破的至理名言。显然，博尔赫斯不慎信奉了这句话。

这还不够，更弱智的事情还在后面。这一年岁末之时，博尔赫斯居然荒唐透顶地赶去智利会见皮诺切特将军，并接受了贝尔纳多·奥希金斯十字大勋章。如果说以前博尔赫斯犯的“政治毛病”都可以原谅，那么这一次是绝对不可原谅的，事后确实也没人原谅他。在马德里，《拉丁美洲札记》杂志几乎当即做出反应，取消原已编辑好的一期“博尔赫斯专集”。有的地方甚至当众烧毁博尔赫斯的书籍，至于明的暗的批评谩骂就无法说清了。关键是斯德哥尔摩，几乎就是从此“下定决心”不再把诺贝尔奖的荣誉授给“这个愚蠢透顶的政治小丑”。事实也是如此，博尔赫斯至死也没有机会站在瑞典文学院的领奖台上。为此，博尔赫斯曾这样说道——

> 获奖总的来说只可用来满足虚荣心；既然是为了满足虚荣心，那么获不获又有什么区别呢？

不，这是辩解，是安慰，是想掩饰自己过错的辩解，是自欺欺人的安慰。在这件事情上，博尔赫斯太不尊重全世界那么多敬仰他的人了。就我个人而言，我一直对博尔赫斯没有得到诺贝尔奖耿耿于怀。不用说，这是二十世纪文学最巨大的遗憾，是用什么都无法辩解、无法安慰的遗憾。我认为，之所以造成这个遗憾，博尔赫斯要负主要责任。从某种意义上说，正是由于他过分厌倦庇隆政权而犯下了众多明显的政治错误，以致瑞典文学院也跟着犯下了历史性的错误：一顶最高大的文学礼帽未能戴在一个最伟大的作家头上。从这个意义上说，博尔赫斯和庇隆的斗争，博尔赫斯从来就没有赢过，即使庇隆死了，政权垮了，他还是输家—— 一个连同瑞典文学院和整个二十世纪文学都输掉的输家。

2001 年 2 月 28 日

补记：

本文写作中，引用或参考了以下著作：《博尔赫斯：书镜中人》，詹姆斯·伍德尔著，王纯译；博尔赫斯小说诗文选《巴比伦彩票》，王永年译；《博尔赫斯短篇小说集》，王央乐译；《博尔赫斯八十忆旧》，巴恩斯通编，西川译；等等。特此致谢。

答王德威教授问

事情不复杂，说起来不简单，有点绕口。就在昨天，我作品的海外代理人谭光磊先生来邮道，哈佛大学东亚系主任王德威教授托《纽约时报》记者DIDI女士问我一个问题，后者为《解密》的英文版刚到杭州采访过我。恐是忧我孤陋，有眼不识泰山，谭在信中特别强调：王教授是夏志清之后海外华语文坛的掌门人。多虑了，我在文学圈浸泡近三十年，王先生的大名自是知晓。虽素未谋面，无只语交际，但先生的文章没少看，受益多。

问题原文是英语，DIDI女士知我是土鳖，已经把它译成中文：

> 麦先生写的是中国的间谍/资料/秘密世界。他怎么看“斯诺登后”的全世界这个现象呢？我们是不是都住在一个间谍、密码数、阴谋、秘密的大道横行的社会？

恕我直言，翻译有些别扭，个别词言不及义。不过够了，我知道在问什么。我甚至知道更多，比如DIDI女士为何不直接与我沟通（刚采访过我啊），要请我的代理出面周转，大抵是她觉得这问题有点敏感，怕我婉拒。也许她记忆犹新，我是个谨慎的人，时常笑而不答，或者思而不语。其实我的无语不是谨慎，是怯场，嘴笨。我有点轻度的社交恐惧症，何况面对的是一双不时词不达意的长睫毛蓝眼睛。DIDI 女士出生在爱尔兰，少女时代在香港度过，那不是学中文的最理想之地，否则她的中文一定会少些词不达意，我也不至于给她留下那么多谨言慎语的把柄。

人到五十知天命，我今年正好这个年纪。既然天命都知道了，还有什么可畏头缩尾的？坦坦荡荡做人吧。我以最快的速度、最敞开的心怀，坦诚作答。这回面对的是文字，怯懦嘴笨的那个人变得文思泉涌，快人快语，转眼工夫已经敲出一页 A4 纸，像个话痨——

> 斯诺登是上帝（宇宙）的孩子，也是皇帝新衣里的那个孩子。他的问题不是他做了什么，而是他不得不是某个国家的人；更大的问题是他不但有国家，而且还有一份肩负着国家安全的职业。这份职业往往被誉为神圣的，是公民意义上的崇高神职，他必须为这个职业放弃甚至包括生命在内的一切。他在没有任何外力作用下，单方面撕毁了这个被普世接受的约定，因而他的形象笃定变得夸张、异类，像斯芬克司（狮身人面像），既是极端的丑，又是极端的美。
>
> 毋庸置疑，我小说《解密》中的主人公容金珍和斯诺登是同一种人，都是为国家安全这份至高神职修行、异化的人；不同的是，前者为此感到无上光荣，情愿为此自焚以示忠诚，后者恰恰相反。他们是一个硬币的两面，背靠背，注定要在两个人心向背的世界里扮演着一半是英雄一半是死敌的角色。

英雄也好，死敌也罢；斯诺登也好，容金珍也罢。他们是被上帝抛弃的人。可悲的是，不论在哪个国家都有相当一部分这样的人。坦率说，斯诺登揭露的不是美国的丑，而是当今世界。这个世界被科技绑架了，不论是X国还是Y国，我忧郁地认为，只要他们拥有相应的技术，都会干出相应的勾当。科技让我们变得无所不能，又四面受敌，危在旦夕。科技，一头风做的怪兽，正在把世界缩小成一个键钮：按下某个键，地球上每一只蚂蚁都要死。这个时候，谈个人隐世也许是奢侈，因为无论如何，求生的权欲是上帝赋予的。于是，我们别无选择，只能“住在一个间谍、密码数、阴谋、秘密的大道横行的社会”。

我不会站在容金珍的角度嘲笑斯诺登，也不会以斯诺登的目光去鄙视容金珍。我很遗憾无法选择做宇宙的孩子，但我很荣幸做了文学的孩子：这是最接近上帝的一个职业。文学让我变得宽广坦然，上帝在我身边，我敢对魔鬼发话。听着，如果没有文学、艺术、宗教、哲学等人文精神的代代传承，科技这头怪兽也许早把我们灭了，即使不灭，恐怕也都变成一群恐龙、僵尸。只会改天换地，不会感天动地；只有脚步声，没有心跳声；只会流血，不会流泪；只会恨，不会爱；只会战，不会和；只会变，不会守……以文学为母体的人文艺术，像春天之于花一样，让我们内心日日夜夜、逐渐又逐渐地变得柔软、饱满、宽广、细腻、温良，使科技这头怪兽至今还在我们的驯养中。

我不知道王教授对我的答卷会不会满意。我把文学看得那么高大，说得那么美妙，作为一位专事文学教职的工作者，我思忖他也许会满意的。但是我发誓，上帝就在身边，我愿意对上帝发誓，我说的是真话，绝没有半点投机取巧的心思。我深信，我对上帝的诚实比博得王教授的欢喜更要紧。

2014年1月22日

于杭州西溪

致西语读者

这一刻，我有点惊慌失措，我被巨大的喜悦袭击了。首先我要说，这本书的封面设计是天赋之作，我感激这种相逢！正如婴儿降生，又如远航的水手在经历了无数个绝望的黑夜之后突然眺见海岸线一样。坦率说，看到它的一刹那，我流泪了——不知是因为激动，还是被一种异样极致的美吓的。这也使我怀疑，婴儿出生时的啼哭不是因为恐惧，而是激动，是因为子宫外梦幻般迷人的情景把他们感动坏了。我甚至想，这位设计师也许是我失落在陌生国度里的“另一半”，否则他（她）怎么会与我如此心心相印？毋庸置疑，七〇一是中国的“布雷契莱庄园”，那里，每个人都是天才，他们神秘的才华可以炼成金，令人敬；但由于在特殊的时期从事了特殊的职业（破译密码），他们只能躲在暗处，角落里，与世隔绝，彼此之间互为封锁，人人都是一个孤岛，一只保密箱，虽近在咫尺，却遥遥相隔。精美的工事，厚实的隔离，机械的复制，心灵的孤独，命运的叵测——这一切，都是七〇一人的现实，也是我想讲述的。

其次我想说，这本书我写了十一年，彻底推翻的重写有三遍，局部修修改改至少在二十遍之上。其间我曾无数次地痛斥自己，那么愚笨，那么没用，那么可怜，以致全部青春都可能为它废掉。但当我终于写完后，我深深地拥抱了自己：我相信我写出了一部非凡的小说，至少在中国是唯一的，没有敌人，也没有亲人。我想告诉我的西语读者，中国是个古老而神奇的国家，历史上曾有这样一位帝王（秦始皇），为了抹掉民众的记忆，他把举国上下的书都通通烧掉，烧了一千零一夜；为了抵制外敌侵略，他把整个帝国围在一堵墙里，这堵墙比亚马孙河还要长。更荒谬的是，愚蠢和残暴没有摧毁他，而是造就了他，让他成了一位“伟大”的皇帝。这是一个令人心碎的故事。这本书讲述的同样是一个令人心碎的故事，只是心碎的因果完全不同。

2014 年 1 月 18 日

致父信

父亲：

您好！

知道我才去看过您吗？

一个时辰前，母亲，大哥，大姐，二姐，小弟，我们都去了。今天是农历九月初三，是您仙逝一周年的祭日，我清早六点钟就起了床，六点半出门。我必须趁早，赶在塞车之前出城。现在城里的生活越来越不便，人越来越多，路越来越堵，天越来越低。当然，最那个的是，人心越来越乱，世道越来越黑，连吃进嘴巴里的东西都不安心。我现在吃的蔬菜都是自己种的，肉食大多是乡下送来的，没有就尽量少吃，甚至不吃。不吃饿不死，吃了担心死，民以食为忧哪！父亲，这些我想您一定都知道的。您现在应该什么都知道吧？您去了天上，超凡脱俗了，地上的事，人间的事，都瞒不了您的，是吧？

父亲，时光过去真快，眼睛一眨，您离开我们已经一个周年。说是离开，其实这一年来我感到您比以往任何时光都贴近我们，母亲几乎无时无刻不在想您、念您，有您爱吃的要给您留一份，天冷了念叨您的衣服够不够，一到大热天，就往家门前的水泥地上泼凉水，好像您还坐在那儿纳凉。母亲说，您是火性子，顶怕热，吃了夜饭总是要去溪坎里拎一桶水泼在屋门前，等热气散尽，您就悠哉乐哉地躺在靠背椅上，跷着二郎腿，摇着大蒲扇，吃着烟，一支接一支，谈着天，数着星，快乐如神仙。我家在山边上，入夜后蚊虫多得要死，但是很奇怪，蚊虫从来不叮咬您。母亲说，是因为您吃烟太多的缘故，血是苦的，尼古丁的味道，蚊虫都不要吃。

母亲总爱把您说得神乎其神。记得小时候每次挨您打，母亲总是安慰我说："这样好了，你又长大了一点。"笑话！哪有这道理？可母亲就是这么说的。为了让我信服，她会旁征博引，不厌其烦地把道理画圆说透。"天下哪个孩子没挨过打？""孩子都是被打大的，就像婴儿都是哭大的。""不是说人是铁饭是钢嘛，哪块好铁不是铁匠师傅一榔头一榔头敲打出来的？""当爹的不打你，以后出门就要被外面人打；爹现在打你一顿，以后你长大了就可以少挨人打。""爹打你是疼你爱你哪，不想让你被外边人打哪。"听，母亲说得多么头头是道、神乎其神哪，年少的我一度被她迷蒙，挨了您打，心里还在默默感谢您呢。

可是那一次，就是那一次，您把母亲用心编的"神话"打破了。父亲，您该知道是哪一次，是我十二岁那年，我在学校跟同学打架，三个人打我一个，把我打得鼻青脸肿，老师还拉偏架。我气得要死，夜里不回家，堵在一户同学家门口，等着他出来，准备跟他决一死战。您知情后，提着一根毛竹抬杠赶来。我以为您是来替我报仇的，激动得朝您扑上去，哭诉自己莫大的冤屈。结果您当着同学父母的面狠狠地扇了我两个大耳光，把我已经受伤的鼻梁都打歪了，鼻血顿时喷了出来，流进嘴巴里，我像喝水一样，一口口喝下去都盛不下，还往胸脯上流，一直流到裤裆里。要不是同学父母及时阻拦，您还会用竹抬杠打我的是吗？我看见的，您已经举起抬杠要朝我劈下来。那根抬杠跟您的手臂一样粗，劈下来我死定了，不死也废了，不是断手就是跛脚，不是驼子就是瘫子。

父亲，您怎么会这么狠心！

父亲，您怎么能这样打我！

父亲，您错了！您知道那天我为什么跟同学打架？因为您！他们骂您是“反革命”、“牛鬼蛇神”、“四类分子”、“美帝国主义的老走狗”，骂我是“狗崽子”、“小黑鬼”、“美帝国主义的跟屁虫”。总之，什么难听的话都骂了。我为了捍卫您的尊严，一打三，临危不惧，视死如归。我觉得自己是个英雄，您却把我当混蛋，当猪狗。父亲，是的，虽然您以前多次打过我，可这一次真把我打伤心了。我心窝里插了一柄刀，怎么也拔不出来！您该知道，就是从那以后，我变了，变成了一个孤独的孩子，不爱出门，不爱出声。在家里，我像把笤帚一样任人使唤，却总是无声无息；出了门，我像只流浪狗一样，总是缩着身子，耷着脑袋，贴着墙边走路，躲着热闹和欢喜场面。母亲因此给我取了一个绰号，叫“洞里猫”。悲痛让我握不住一滴眼泪，我蔫了，厌了，废了。我成了个哑巴、聋子，我把自己完全封闭起来，不跟人玩，不跟人交流。我只跟自己交流，天天写日记，像个城里有志向的孩子一样。其实哪是志向，我是心里充满了痛和恨，找不到地方发泄，在日记里发泄呢。我至今记得，我写的第一篇日记就是发誓以后不再喊您爹。我说到做到——您一定记得，从那以后，我再也没有喊过您爹。直到一九九三年，我结婚了，带着新婚妻子回家，才跟做贼似的含糊不清地喊了您一声爹。

父亲，说起这些，我心里还是痛。曾经是只为自己痛，现在……也为您痛，为您和我一起痛，痛得我浑身发冷……算了，还是说些别的吧，说说我们是怎么怀念您的吧。我刚才说了，母亲天天都念叨着您，要是逢年过节，那就有她忙乎的。她总是提前几天请人给您念佛，折纸钱，包白袋，准备好吃的；到了日子，不由分说要我们都回去，给您做法事，陪您过节日。今天是您的大节日，一周年，母亲一个月前就通知我，要我取消任何事情，必须回去好好给您张罗一个隆重的祭祀活动。今天我回到家，见母亲一脸菜色，疲倦得很，但眼睛还是非常亮，眉头挂着喜色。二姐说，母亲想到今天要给您过大节，兴奋得一夜没睡。她是不是觉得今天可以会到您呢？

父亲，您想想，有这样一位母亲在，您哪能离得开我们？离不开的，您去了哪里都在家里。在我们眼前耳边。在我们嘴里心里。父亲，您可能不知道，这一年中母亲曾多次把我当作您，冷不丁见到我总说：我以为是你爹回来了呢。父亲，您真不该这么早走，您走了，可把我们母亲掏空了，害苦了，整惨了。她已经没有自己的生活，她活着就是想您，无时无刻不在相思您、念叨您。父亲，说真的，您让我很羡慕，有这么好一个老伴，不论去了哪里都把您放在心坎上。父亲，要我说，您这辈子真活得挺值挺值的，至少有一个人完全在为您活，您活着她寸步不离您，死了照样天天守着您。

今天，我们给您送去了很多东西，五大包的纸钱，烧了一小时才烧完。天凉了，山风神出鬼没，刮得纸灰满天飞。母亲说这样好，飞得越高越远，您取得越多。这些纸钱都是用上好的嫩竹纸折的，焚烧后灰烬白白的。母亲又说这样好，越白净说明您在阴间活得越明白清爽。母亲还要我们在灰堆上念经、盖手印，男左女右，先男后女，讲究之多，操作过程之复杂、之庄重、之细致，让我一时觉得您没有死，只是在远方。我们还给您捎去好多吃的，有甜米果、纸包糖、苹果、蜜饯、柿子，都是您最爱吃的。您爱吃甜食，记得五年前夏天您住院，医生不准您吃甜食，熬了几天您心慌得不行，叫我去买纸包糖。我买了一袋大白兔，您像个孩子一样，一口气连吃十粒，我几次劝您别吃，最后被您臭骂一顿。您说您已经快八十岁了，活够了，不怕死了。您真的不怕死吗，父亲？您经常念叨死亡，对死亡不屑一顾，是因为对我们子女失望了吗？

我想，至少我是让您失望的。外人看来我功成名就，有我这个儿子是您的福气，我一定给过您很多荣耀和温暖。可事实上，很长一段时间，我给您的都是气恼，是冷漠，是对立，是敌意。说真的，父亲，那一次您真把我打伤心了，打坏了，良心道德都坏掉了，连老子都不认了。我恨您，是那么清晰，那么铭心，那么久久不息。三十五岁以前，我一直把您当仇人看，我对您只有一个念头，就是要离开您，要用不敬来反叛您、惩罚您。所以，十七岁我离家上学，有意走得远远的，并且不给您写信——整整十多年，我写信抬头总是只写母亲，不提您。我这是故意的，我要报复您！每次探亲回家，我给母亲从穿的买到用的、吃的，就是不给您买一盒烟、一袋糖，以至母亲都看不下去，常以我的名义偷偷送您香烟、衣裳。结婚那么多年，我也从来没请您去我家做过客，甚至，我把姓名都改了……想起这些，父亲，我真觉得自己是个混蛋，怎么能这样对待您？您是给我生命的那个人，纵然曾经粗暴地打骂过我，我又怎么能如此深刻地记恨您、报复您？

我羞愧！

还是别让我羞愧，说一些我孝顺您的事吧。我已记不得具体时间，应该是一九九九年，这年春节您摔了一跤，差点去世。当时我自己也做了父亲，孩子一岁零九个月，第一次回去看你们。说来没人相信，不可思议，孩子第一次回去看爷爷奶奶，这么大的事，我首先是拖了又拖，拖到孩子快两岁才成行；其次是我居然没有陪同，只让孩子和他妈回去。这件事足以说明我和您僵持的时间有多长，程度有多深。也许我做得太过分了，老天爷看不下去了，要造一些事来教训我。第一件事就是您摔跤，和死亡会了一次面；第二件事是，您摔跤住院的事给小家伙留下太深的印象，从老家回来后他经常在我面前咿咿呀呀地说：爷爷，摔跤，打针，哭……一而再，再而三。他仿佛是老天爷派来的使者，不停地刺激我、催促我回去看您。终于有一天，我悄悄地回去看您了。这是我第一次专程为您回家！也许是您死亡的钟声敲碎了我的愚顽，也许是我为人父的辛苦唤醒了我的良心，也许是老天爷……总之，从那以后，我才开始和您缓和关系，我坚持每个月给您打一个电话，一年回去看您一回，还同您约定了一个旅游计划。我想让您在有生之年去东南西北的几个大城市都走一下，看看外面的世界，也尽尽我的孝心。可您突然发病了，最后只去了北京、上海，广州、香港、成都、西安都没去成。这事我现在都还在后悔。其实还是我不坚决、不抓紧，拖沓了，松怠了。我要知道您后来会得那个病，我一定会放下所有事情，陪您走完这几个城市。所以，我现在常对人说，尽孝一定要趁早！

二〇〇八年，四川发生汶川大地震，您知道那时我还在成都，但已准备调去北京工作，新单位三月份已经调走了我的档案。就在我即将去新单位报到之际，我身边发生了那场大地震，几十万人经历了生死离别。有一天我去灾区走访，看到那些悲痛的老人，我哭得不行，因为我想起了您——每一个老人都是您哪！那一年您已经八十一岁，可我还从没有在您悲伤的时候安慰过您，没有在您卧床不起时像您曾经抱过我一样抱过您，没有为您洗过一次脚，没有为您剪过一回指甲……没有，没有，我没有为您做的事太多！就在那一天，我毅然决定不去北京，我要回来陪您度过最后的岁月。尽管我以最快速度重新办理了调动手续，当年八月就调回了杭州，但我怎么也没想到，老天爷会这么惩罚我：当我回到您身边时，您已经认不出我！您得了老年痴呆症，连母亲都不认识了。我后悔回来得太迟，也庆幸自己在您最需要我的时候回到了您身边。

父亲，我现在变得越来越相信宿命，有些事我无法理解，比如您我之间最终也没有一个完美的结局，我总觉得这是命。说真的，自从您病倒后我特别怕您死，我要赎罪，我要补错。我欠您的太多，我要还给您。我确实也这么做了，三年里，每个周末，不论在哪里，不论有多忙，我都会赶回去服侍您，喂您吃饭，给您洗脚，抱您上床，给您按摩，陪您睡觉，大声呼喊您。母亲说，您偶尔会有清醒的时候，我这么做就是盼望您某一刻清醒过来，看到我在服侍您，知道我在忏悔，在赎罪，然后安慰我一下，让我知道您最后原谅了我。您不能说，对我笑一下也行，我需要您一个认可，哪怕是一个象征性的认可，一个一笑泯恩仇的笑容。事实上，三年里，除了母亲，我陪您说话的时间最多，可您对其他亲人都清醒过、笑过、说过话，就是不给我机会。有一天，您出奇地连续清醒了几个小时，母亲紧急地给我打电话，我紧急地赶回去，想赶在您清醒前看到您，和您说说话，看您对我笑一笑。可就在我进门前几分钟，您突然又回去了，回到那种蒙昧状态，见了我毫无表情，一声不吭，像一块石头对着一根木头。那一天，我趴在您怀里失声痛哭，您一如既往地无动于衷，在我的眼泪和哭声中睡着了。我的天哪，为什么不给我这几分钟！我想只要我早回去几分钟，看到我那么悲伤地哭泣，那么泪流满面的样子，您一定会替我擦去泪水，安慰我说您已经原谅了我。那样就好了，完美了，我今天也就不会这么难过了。

父亲，我现在真的很难过，真的难过，太难过了。父亲，您一辈子给了我很多，我想最后再要一点，要您一个清醒的笑容，一个确凿的认可，一声安慰，一声原谅，一个父子情深的拥抱。可您没有给我，父亲，您就那么走了，没有给我一点点，连一个轻浅的笑容和抚摸都没有。父亲，您是给不了还是不想给我？父亲，给我吧，给我吧，您无法想象，这对我意味着什么！我将永远对您有一种负罪感，一种羞愧。父亲，给我吧，我恳求您了，今天晚上就给我，在梦中，我等着……

2012 年农历九月初三夜写

2013 年农历正月初一修改

2013 年 11 月 25 日再次修改

思念索拉

世相无疑是越来越繁华、喧嚣，我们一度为此欢欣鼓舞，津津乐道，因为我们曾经是那么贫困落后，寒酸简陋，喧嚣和繁华给了我们生命的色彩和尊严。但是，转眼间我们的生命似乎又是难以忍受如此的喧嚣，如此的繁华，因为喧嚣和繁华的背后，我们丢失的太多，抛弃的太多。崇高，责任，忠诚，庄重，信念，理想，国家，集体，他人，勤俭，精神，恩爱，等等。这些在过去带有一定美德光环的字眼，如今无不失去了光彩，有的甚至成了迂腐、可笑的把柄。

我们的焦虑也因此而生。

我不认为自己是个抱残守缺的人，但我也不相信现在的中国正走在阳光明媚的康庄大道上。这是一个过分看重变道而忽略常道的年代。诚然，中国要变，因为历史和现实积重都太深、太多。但再怎么变，总不能把人心、人性中的一些常道也变了，革了。就像数学上有常数，人类的精神上也肯定有常道。常道就是原则、方向、基准。没有常道的人生，就像没有地基的房屋，终归是要塌的。试想，假如一个人失去基本的信念和道德底线，我们内心里只有变异、破坏的欲望，没有坚守，没有尊重，比如甚至对友爱、仁慈、高尚、责任等美德都不讲了，不守了，那么我们又如何来体现人心、人性、人道？失却了人心、人性、人道的关怀，这对我们的人生来说，我以为已不仅仅是一种缺憾，而是危险，是走上歧路，误入歧途，危机四伏，危在旦夕。

因此，这些年我总是不乏迂腐地在反问世人，没有坚守和肯定的人生，否定又如何会有力量？完全放弃常道，一味地迷恋变道，放肆地张扬个性、私欲，张扬“欲望就是真理”的人生，我们又如何去寻找普通的真理和人道的常识、常数？现在的人，别说为他人，就连对自己都似乎没有责任，没有牺牲精神了。人们心里只有欲望和更大的欲望，身体只管一路狂奔，勇往直前，前途就是“钱途”，追求就是“追囚”，美好就是“没好”，健康就是“贱康”。也许，对自己没有责任，是因为我们太久地对他人失去责任；也许，正如印度的一句谚语，我们该对自己说一句：请慢点走，等一等灵魂；也许，正如《圣经》里说的，我们要“走窄门”，要让自己多接受“常道”的约束和教养。

话到这里，我尤想把自己珍藏已久的一份感动、一份记忆说出来给大家分享。我曾经有三年藏区经历，是在西藏著名的神湖——羊卓雍错——建造水电站。一个世界海拔最高的水电站，一支世界屋脊的水电铁军，这是九十年代西藏最闻名的事件之一。就在前两天，我还从中央电视台看到介绍羊卓雍错水电站的一部纪录片，电视镜头从拉萨转到羊卓雍错，又翻越甘巴拉，那都是我熟悉又熟悉的地方，我突然潸然泪下。泪水出于心底的呼应，而不是由于被煽骗。事实上，时光是不会流走的，时光都留在我们心中，就像我们的足印都留在大地上一样。随着电视镜头的切换，我心里相继浮现出一幕幕熟悉的场景，一个个熟悉的身影。其中，索拉的身影是那么之大、之明亮，那么之令我心仪又心酸。

索拉是一名一九九二年入伍的藏族战士，我是一九九三年夏天认识他的。那天我陪中央电视台两名记者下部队去采访，至深夜方返回机关，途中，大雪骤然纷飞，一下白了黑暗的甘巴拉山。两名记者为夏天落雪惊喜不已，司机却苦不堪言，因为他出门时忘记带防滑链了。炎炎夏日，谁又能想起带防滑链？可是，山高路滑，崎岖坎坷，没有防滑链，车子如履薄冰，生死悬乎啊。像蜗牛一般爬行数里，司机已汗流浃背，忽见一束光亮，如见救星。一间陋屋，一张惶惑的笑脸，亮在车灯中，令我们倍感亲切。我就这样认识了索拉，他一个人掌管着山上 4 号变电站。这里海拔 4537 米，缺氧使记者的防风打火机变成了一块废铁。那天晚上，索拉为我们忙乎了近一个小时，总算使车轮变得粗糙而有一定的防滑能力。他诚恳的笑脸和默默劳作的样子给我留下了难忘的印象。

以后，我曾几次顺便去看过他，由于他不会说汉话，我们无法交流。但眼睛足够让我了解他。一台昼夜鼓噪不止的发电机，一部“熊猫”牌全波段收音机，陪伴他度着每一个白天和夜晚。他喜欢笑，张嘴动手，脸上总是堆着满满的笑。可我老觉得他似乎并不会笑，不论为什么，干什么，总是那么一个笑容，充满羞涩和诚恳。我想这大概是他经常对着收音机一个人发笑的缘故吧。如果说发电机是他的工作，收音机就是他工作之外的全部，是战友，是老师，是愿望，是生活。对这样一个给予他如此之多之好的东西，他似乎只能对它这样笑：诚恳而愧疚。

所有藏族兵入伍后最大的愿望是学会说汉话，索拉也是，不同的是，他只能靠收音机帮他达成这一美好的愿望。最好的收音机也不能跟一个汉族战友比，所以他学汉话的过程比其他藏族兵要显得艰难又缓慢。这年冬天，我出藏休假前去见过他一次，他依然无法与我交流，咿咿呀呀的声音听了使我有些难受。当时我也许是有能力说服个别领导为他配一个汉族战友的，这样的话，我想他的日子不会被无尽的寂寞拉长，他学汉话的道路也不会如此漫长。我虽然想到了，却没有去做，我的难受正是因此而发。

休了两个月假，又去北京学习了半年，当我再见到索拉时已是次年秋天。最漫长的路都有尽头，这回，他嘴里发出的不再是咿呀声，而是全然一新的藏族普通话，比我想象的要流畅得多。但几个回合下来，我发现我们的交流依然问题多多。他常常答非所问，像是听不懂我的话，而风马牛不相及的答话又像不是在对我说，而是对空旷的大山、天空，声音大得像喊叫。后来他指着耳朵跟我说："这个……不行了，听不见了。"说着笑笑，指着轰鸣的发电机，"这样也好，免得我每天听它吵吵，睡不着觉。"脸上毫无痛苦和怨悔的表情。

我一下子非常难受，想哭。我知道，正因为发电机日夜不停的"吵吵"，才让他失去了听觉。失聪的他，听不到的不仅仅是发电机的噪音，还有收音机的声音。失却了收音机，他生活的一半也就被无情切割了，寂寞将加倍又加倍地陪伴他度过分分秒秒，而他千辛万苦学会的汉话，又跟谁去说呢？有了人，又怎么跟人去说？他并不识字，这是最要命的。那天走之前他告诉我，他已经开始学习识字，因为现在的他只有通过汉字才能与我们交流。我想这肯定比他当初跟收音机学说汉话还要难，但这与他一个人在如此高海拔地方生活相比，又似乎要容易多了，所以我相信他一定会成功的。

他果然成功了。一九九七年，我转业到成都，不久便收到他的来信，三百字的稿纸，写了两大页，字体工整得像是用蜡笔刻写的，内容就是两个词：感谢和祝福。信的最后，他连着写了半页纸的“扎西德勒”，最后一个“扎西德勒”居然是用指血写的，让我感动得忘记了他已经失聪，当即给他打去电话。好在那时他已经下了山，身边有战友，关键是识了字。就这样，我们勉强通了一个电话，表达我对他的问候、感谢和祝愿。羊卓雍错的岁月是我生命中的一笔浓彩重墨，索拉又是我这段岁月中的一个亮点，他诚恳的笑容时常浮现在我的眼前和心里。有时候我想，生活对他不公平，但索拉一定不会这样想的，否则他不会这么打动我、温暖我。他总是用一成不变的诚恳的笑容和无言的努力，应对生活赋予他的一切，包括不公平，包括失聪，包括高寒和缺氧，孤独和寂寞。在他无言的努力下，现在的他可以读、写并理解我小说里的每一个字，所以我每出一本新书，总是第一个寄给他。我觉得我寄的是一份感动，一份敬意，一份思念和祝福。我觉得他不但是我的读者，也是我的老师，赋予了我很多做人做事的道德和智慧。十多年来，我一直和索拉保持通信，我想以这种方式保留他，也是保留我在这个喧哗年代里安静下来的一个外力。

作为一个义务兵，索拉在山上守了三年零九个月的全部收入，不到五千元，这是他的津贴和高山补贴。作为海拔4537米的高寒地带，氧气都只有平原的三分之二，那里还能有其他什么呢？据我所知，没有一棵树，没有一丛草，没有一只飞鸟，只有白天的太阳和晚上的月亮比北京大又亮。

2009 年 3 月 15 日，于杭州

善待朋友

也许是身世不幸，也许是遗传基因不好，或者别的什么原因，我这人总的说是个堆满缺点的人：任性，敏感，脆弱，孤僻，伤感，多疑，胆小，懒散，怕苦，缺乏耐心，意志薄弱，羸弱多病……一大堆贯彻于血脉中的毛病，常常使家人感到失望。小时候，父母对我最不抱希望，似乎料定我不会有甚出息。想不到我这人运气不错，在几个决定命运的关键时刻，仁慈的老天都恰到好处地佑助了我，结果弟兄三个，还算我活得“光荣又幸福”。这是命。旁人都说我命好。

但命好抹不掉我的缺点，而且随着年龄长大，我的缺点似乎也一道长大、滋多了。尤其是结了婚，我的缺点明显地又增加了对妻子不温存（太粗暴），不宽容（严厉得近乎刻薄），不谦让（大男子主义），不糊涂（什么事都要弄个水落石出），不克己（从不委屈自己）；对家庭没有责任心，没有抱负；缺乏生财之道，且常常乱花钱；等等。由于我众多的不是，家里常常战争四起，先是唇枪舌剑，渐渐地动手动脚，摔碗打瓢，甚至出手打人。好在妻子这人还算能忍能让，也许是怜惜我，或者其他什么原因，至今没有分手。但谁也不敢说永远不会，因为两只手要分开实在是太容易了。那么容易的事（随时都可以做到），何必急匆匆去做呢？说远了。

奇怪的是，我的这个不是那个不对，在亲人面前暴露无遗，甚至变本加厉，在朋友面前却很少显现。在朋友面前，我的形象是热情、忠诚、善良、大度，有爱心，有修养，能忍耐，懂宽容。大凡我的朋友对我口碑都不错，因为我的确很少亏待朋友。不论是哪方朋友，只要跟本人吱一声他需怎么怎么着，本人从来不会拒绝。即使拒绝也多半以行动拒绝，也就是说通过我上蹿下跳的努力，证明我确实力不胜任，无能为力。对朋友在困难中发出的请愿，不假思索就加以回绝，这是我做不出的，也是我反感的。我常思，一个人被困难纠缠，朋友若是不热情相助，还能指望谁？话说回来，朋友的困难若有他人能左右摆脱，他也不会朝你开口。朋友就是这样的。所以说，在这个世界上，寻找一个兄弟或朋友，比找一个妻子或情人要困难许多。所以，面对朋友的困难，我愿意硬着头皮去求人求情，想尽办法，使尽力气，巴心巴肝地去做我能做的，甚至是不能做的。

对朋友好，这大概是我很少优点中的一大优点。

确实，我对朋友之心是赤诚的。尽管我缺陷很多，血液里、天性中存藏着诸多发臭熏人的脏东西，但面对朋友，我总是能做到把“脏东西”很好地包藏起来，尽量尽情地表现出我动人的、讨人说好的一面。比如，我本性是极为粗心怕烦的，怕照顾人，怕处理事；妻子生了病，家里有了麻烦，这是我最惧怕的，只要能躲我肯定躲，实在躲不掉，就敷衍了事，蒙混过关。最需要你时却牵不到你的手——就像歌中唱的一样。这种表现自然令我妻子失望透顶。所以，每每遇及类似事，事后我们总是要吵闹一番。吵吵闹闹似乎算不得什么，哪有夫妻不吵闹的？关键是妻子常常就此来怀疑我对她的爱。因为在她看来，我天性不是那种粗心怕事的人，你看——她又看见了，我对朋友的关照有多细心周到，体贴入微：朋友只要咳嗽一声，我就会去找药，并劝其吃药；朋友将妻子气倒了，我深更半夜都会骑个单车跑去调解；朋友病了，我请假扣奖金也要去病榻前照看；去外地出差，想到那里有朋友，几年不见了，孩子三五岁了，正是最高兴有礼物呵护的年月，行前再忙都不会忘记购上一样小礼小物；朋友远道而来，管接管送，陪吃陪玩，热情得就跟对爹妈似的。有时想，对妻子或家人要有这份好的话，真不知他们会有多感激我，家里不知会增添多少温情和欢乐。但我就是做不到。有一次，妻子小产第三天，有朋自远方来，一个电话又将我牵走了，跟妻子说好晚上一定回，结果兴致一来，忘乎所以。幸亏悔过态度好，补救工作出色，加上妻子体虚不敢气恼，只好息事宁人，不了了之。

妻子看我对朋友百般的好，常常感到很失落，跟我恶声恶气。

“那个阿三是什么人？他只不过是一个你萍水相逢的人，你就可以把我丢在一边，三天不回家，你把我当什么了？”

这样的时候，我一般总是很沉得住气，找一些开脱之词：“从本质上讲，你也是一个我萍水相逢的朋友。”

“可我现在和你朝夕相处。”

“是啊，”我款款而道，“你跟我朝夕相处，可阿三只有三天，所以你应该满足，不应该生气啊。”

嘴上是这么说，心里却也在思：为什么我对朋友可以做得这么好，对妻子或家人却做不到？这样的疑问经常盘踞在心中，久而久之，似乎也有了答案。比如我刚才跟妻子道的：阿三再怎么打扰我，也仅仅是三天抑或是再多三天而已；但作为朋友，阿三给我心灵上的安慰很多很多。朋友就是这样，他们需求你的机会总是很少很少，而给你内心填补的东西往往是任何别人都难以替代的。有些朋友，你对他可以无所不谈，无所不为，即使是自己最隐秘之事或最亲爱的人都可以倾心相托而不必顾忌，如果需要，他可能还会挺身相救。这样的人，从感情的质量上讲，他已与我们的父母妻儿无异。但他一辈子和你相处的时间很可能只有几年、几个月、几天，甚至几小时，需要做的事情也很可能只有那么一次两次。即便如此，你都无法对他倾心倾意，赤诚相待，那么朋友又何为朋友？我想，要是看到这点，我们就没有理由怠慢朋友。一个没有朋友的人是可悲的，但如果有了朋友又经常怠慢朋友，这样的人似乎更可悲。从某种意义上说，我对朋友好，只是想避免做一个“可悲之人”。这是一。

二，尽管我生性缺点很多，但缺点总在迫不得已的情况下才暴露出来（没有谁会把自己的缺点主动端出来），如果我在一年甚至一生中只能见上几面的朋友面前都无法克制，无法忍耐，那说明我也太无救，太没有力量了。对朋友好，能博得朋友爱，这正说明我尚能自救，心中还有阳光和力量。坦率说，在“朝夕相处”乃至呼吸都难以分离的家人面前，我实在难以克制住自己蛰伏于天性中的诸多不是、不好，它们就像那条美人鱼的尾巴，当忍耐失去控制时，就不由自主地拖出来了。它们又像我身上的浊气，我可以在生人、要人、客人面前忍住不泄，却难以在家人面前坚守到底。古人说：长相厮，心矛钝，百病滋，说的大抵就是这层意思。

三，大千世界，险象环生，芸芸众生，明争暗斗，无休无止。这世界要说让我们感到多么称心，实在不敢恭维。由于外面世界经常风雨四起，我们总是紧紧张张地夹着“尾巴”出门，又夹着“尾巴”回家；到了家，这“尾巴”似乎再也夹不住了，又似乎夹不住也无甚了得的，于是就甩打出来。想想也是，我的这个不是那个不对，如果不能得到家人谅解，还能得到谁的谅解？如果在家里我也要惶恐不安地做人，小小心心地行事，那么这个家又有甚意思？家所以令人感到温馨，魂牵梦绕的，正是由于我们在家中可以无忧无虑，无所顾忌，给自己一份在外面没有的难得的轻松和自在。所以，我的爱人啊，亲人啊，我没有像对朋友一样好生对待你们——常常亏待你们，不是因为我不爱你们，恰恰是因为我们有很多很好的牢固的爱奠基着。对你们，我亏待得起；对朋友，我亏待不起。朋友的关系和情义很难得，很美好，也很脆弱，很危险。今朝为友，明日反目成仇，这样的事情我已见得太多太多……

现在我明白了，我之所以对朋友好，并不是我这人有多好，而是朋友这个角色好，这层关系妙——既不是亲人，又不是一般的同事。作为亲人，我把自己的全部——所有的好和不好，都毫无保留，也无法保留地端出了；作为一般的同事，因为交情不深，我似乎只能让他们委屈了，我不会为他们贡献我原本就不多的“好”，也不会为他们动用我有限的耐性和修养，极力包藏我的“不好”。没必要。对有些人，我甚至有意要将我的种种“不好”泄放出来，免得它们老是受到压制，在需要压制时反而压制不住。对这些人来说，我无疑是可恶可惧的，但不能怪我，要怪只能怪咱们没交情。人与人之间没交情是很可怕的。交情太深似乎也不好，你瞧，做我的亲人很受罪吧，常常要为我的这个那个的不是怄气、动怒。唯有朋友，既有情有义，又有拘有束；情义取走了我的“好”（我愿意），拘束又限制、削弱了我的“不好”（否则就有反目成仇的危险）。我相信自己在朋友心目中的形象一定是较为完美的。也正是因为有了朋友，我才有了一次完美。我常想，这世界我要没这些朋友的话，真不知自己的形象会变得多糟。所以，从某种意义上说，是朋友们成全了我，让我这个满身不是的人，终于有了一眼值得人称道也让我自己满意——几乎是让人羡慕又妒忌的亮点。

当然，除了朋友，我很清楚，这个世界，在阴暗地指责我、讨厌我的人一定很多，包括我的亲人、爱人。如果亲人和爱人也可以选择的话，我想他们也许就不会要我这个人了，因为总的说，我是个有太多缺陷的人。想到这些，我常常自愧难当，直想自毙。但是想到分布在祖国四面八方的我的朋友们，我又觉得没什么好自卑的。我对自己说：不管怎样你还有那么多朋友，朋友们是不会指责你、讨厌你的，因为我是他们最好最好的朋友。

1996 年 7 月

卖烧豆腐的秋娘

建水县位于云南省南部，隶属红河哈尼族彝族自治州，古时称临安府，历史悠久，文化积淀深厚，有全国第二大孔庙，出过不少著名人物。前不久，我去建水采风，住在朱家花园三一八房间，短暂四天，见闻不少，对卖烧豆腐的秋娘印象最深。

是到建水的第二个晚上，吃完饭，被安排去朱家花园正大门的翰林街上的一家演艺馆听小调。小调没什么特色，听的人不专心，吃零食的吃零食，抽烟的抽烟，聊天的聊天。这种环境里，聊起天来，声音总是越聊越大。我忍了三个节目，实在忍不下去，溜了。外面空气很好，天气凉爽。不管白天多么热，天一黑，热气就像怕黑似的，全跑了，不像杭州，前半夜经常比白天还燠热。时光还早，我不想回去独守空房，便沿着路往前走，漫不经心，漫无目的。翰林街是一条新修的老街，石板路，狭窄，两边多是商铺、饮食店、广告灯箱，时不时冒出一个地摊，有的卖烧豆腐，有的卖水果，有的卖便宜的日用小商品。人来车去，市井气很足，自行车、电瓶车随处停，街面显得更狭窄，更像一条老街。我喜欢这样的老街，混杂，拥挤，脏乱，有枯叶在阴沟里腐败的酸臭，有醉醺醺的酒鬼，姑娘穿着从省城买回来的二手时装，孩子在角落里撒尿，有人在当街吵架，有人拉着你的袖子兜售假文物。这才是我们熟悉的生活，没有秩序，缺乏品质，不讲究，贫穷又爱炫耀，混乱又有烟火气。

我随便走，并不想发现什么，可就是发现了秋娘。

秋娘不是建水人，是建水邻县石屏人，父亲是新中国第一代伐木工人。五十多年前，秋娘母亲病故，父亲用箩筐背着她进了当地狮子山（音）林区，时年才六岁。从那以后，秋娘再没有离开林区，她像山上的一棵树一样，在鸟语花香中迎来一天天，送走一夜夜，一岁岁长大。在秋娘十五岁那年夏天，她父亲好好地走在下山的路上，突然被一块不知从哪儿飞来的石块击中后脑勺，再也没醒。秋娘哭了三天三夜，哭得死去活来。没有了父亲，秋娘不知怎样才能活下去，最后还是她父亲的朋友——他们都是伐木工人，替秋娘在十一号工区的集木场边搭了一间小木屋，砌了个炉灶，给了她一份烧饭的差事做。他们每天在秋娘摆开的简易摊棚里吃上一顿中午饭，秋娘一天的饭钱也就有了。秋娘就这样活了下来。

在秋娘二十二岁那年，一个姓林的伐木工人娶了她，秋娘孤苦的日子终于走出头。秋娘替他生下两个女儿和一个儿子，他用使不完的力气替秋娘撑起了一个方方正正的家。苦难已使秋娘变得很容易满足，自从有了家，有了丈夫和孩子，她再也没有不满足过。可老天爷不长眼，秋娘的小儿子还没学会走路，他父亲却被一次突发的山体滑坡狠狠地埋没在大山里，秋娘连他尸首都没瞅见一眼。那次山体滑坡一共葬送了九个伐木工人的性命，他们可以说都是秋娘的亲人，都是吃着秋娘烧的饭长大或者变老的。

秋娘的命苦哦！

以后，秋娘又开始过上孤苦的日子，靠着山上的树、蘑菇、野菜、禽兽和伐木工人的恩赐，拉扯着三个嗷嗷待哺的儿女。儿女一天天长大，秋娘在林区的小饭馆也越开越像回事了。十几年前，秋娘的两个女儿还到山下去另开一家小饭馆，还是靠伐木工人养着的——他们在秋娘这儿吃中午饭，晚上下了山，就到她两个女儿那儿吃夜饭。就这样，秋娘的苦日子总算又一天天熬过来，她不谢天也不谢地，要谢的只有伐木工人。这个世上，要说让秋娘最有感情的，只有伐木工人，除了他们，她谁都不认识，甚至连亲生母亲也不认识。

九年前的一天，林场老场长拿着一张红头纸给秋娘瞧，说他们都得下山，以后就没伐木的事了。秋娘不识字，但她想纸上写的肯定不会同老场长说的一样，他只是在拿她开心。因为当时他们才转移到一个新林区，满山的木头都在等他们去砍伐，怎么可能呢？秋娘万万没想到，老场长说的是真的。不出一个月，山上所有伐木工人都像候鸟一样纷纷飞走了。他们下山前都来劝秋娘走，她就是不走，她说她要等他们回来。可哪里等得到呢？那些天，秋娘天天望着空无人影的大山哭啊哭，她想这世上要没有伐木工人又怎么能有她的生活呢？老天爷啊老天爷，你为什么对我这么狠啊，硬把我一次次丢进苦海——秋娘哭天抹泪的声音回荡在山谷林间。

又一天，老场长领了个戴眼镜的小伙子又来劝秋娘下山。秋娘本是铁了心不下山的，可结果叫小伙子几句话就说得变了心。小伙子对她这样说："大妈啊，你听我说，养你这辈子的是伐木工人，害你这辈子的也是伐木工人，你不知道，正是工人们把山上的树木砍完了，山体才要滑坡，才会害死你丈夫。"他告诉秋娘，砸死她父亲的那块飞石事实上也是山体滑坡后造成的，只不过那次滑坡没人看见而已。他还想再说什么时，秋娘已经不让他说，她对小伙子说："你是个有文化的人，我相信你说的，既然这样我还留在山上干什么，难道是等再一次滑坡来把我儿子也埋进大山？"

三天后，秋娘扛着大包小包，下了山。

七年前，秋娘做木匠的儿子到邻县建水做工，认识了当地一个姑娘，做了上门女婿。秋娘很伤心，骂儿子不孝，哭自己命苦。为了让老头子在地下睡得安稳，原谅她养了这么个不孝之子，她狠了心，不认儿子，不参加他的婚礼，拒绝儿媳妇进家门。但是一年后，听说儿媳妇替她生了个小胖孙子，她又高高兴兴找上门，把孙子当儿子一样养了起来，儿媳妇除了喂奶，其他任何事都轮不上。秋娘说，她孙子开口叫的第一声是"奶奶"，足见奶奶对孙子有多么好。可奶奶不识字，连自己的名字都不会写，孙子上了幼儿园，要赢在起跑线，奶奶完成不了这个伟大使命，只好退居二线。

一下子清闲下来，秋娘不知道日子怎么过，闲得心慌，便找事做。最后找的事就是摆摊卖烧豆腐。秋娘说，这是她的老本行，当年在山上给伐木工人烧饭，烧豆腐是天天要做的。烧豆腐的原料是黄豆，山上的树被一年年砍伐，地一片片拓出来，都种了黄豆。黄豆嫩的时候叫毛豆，可以连壳吃，加上盐，煮了就可以吃，豆子、壳子都可以吃，味道很鲜美；也可以剥了壳，配上一点肉沫、咸菜，和笋子一起炒来吃，笋子都有一股鲜香味。因为满山遍野都种了毛豆，一支大部队都吃不掉，伐木工人只有几十个，大片大片的毛豆就长成了黄豆：像珠子一样圆，金黄金黄的，比大米还要硬，可以爆炒，当干粮吃，喷香喷香。把黄豆用水浸泡一天过夜，黄豆吸水变软，用石磨磨成浆，便是豆浆。把豆浆放入锅中加卤水熬制，做成的便是豆腐，洁白，细腻，鲜嫩——或许是世上最嫩的东西，风都能把它吹破。豆腐能做各种菜肴，可以生吃，可以熟烧；可以单吃，可以混烧；可以煎炒，可以煮汤。做出来的菜品不但味美，还有营养价值。

但是豆腐有个缺点，就是不便存放，易馊，在夏天，生豆腐放几个小时就馊掉了。秋娘说，如果做成烧豆腐，可以存放几天，甚至更长时间。烧豆腐的制作方法是将嫩豆腐用纱布包好，放在“井”字形的模子内，压上木板，将豆腐的水分挤压掉。此时的豆腐已被模框格成一块块的干豆腐，然后撒上盐和香料，放在一边阴干，让风进一步吸去水分。阴干的时间至少要几天，且每隔一天要给干豆腐翻身，直到干豆腐的颜色由纯白变为灰白，体态完全收紧干固，才可以去烧烤。烧烤的器具是一只火盆，上面摆一张用细钢筋扎制的炕，炕下面是无烟的炭火。烧烤豆腐之前，要先在钢筋上抹上菜油，这样豆腐就不会粘在钢筋上。豆腐烧烤时要随时翻动，以防烤焦。在被炭火烤得吱吱地冒发热气时，豆腐变成了精灵，颜色由灰白变为嫩黄，形状由四方膨胀成微圆，显得结实、饱满；更诱人的是，吱吱冒发的热气在空气中迅速转换成一股黄豆在爆炒中成熟的沉香，热烈，浓郁，有一种痴心女子义无反顾爱人的坚定，扑鼻而来，驱之不散。

我正是被这一缕缕香气吸引着，注意到了秋娘。在建水，烧豆腐的摊子多的是，仅百十米长的翰林老街上就有三四摊。秋娘的摊子不在闹热的翰林街。在哪里？我也不知道。我只记得由她的摊子往前走两百米左右，便到了学政考棚。那天晚上我走得很远，原因就是想尝尝秋娘的烧豆腐。我第一次闻到秋娘的烧豆腐的异香，想去尝尝味道时，发现她摊子边围满了人。我不愿等，继续往前走。走了半个小时回来，人并没有少，只好又走。又走了半小时回来，只剩下两个人，以为很快可以轮到我，结果还是等了半个小时：因为其中一人不但带了一只胃，还带了一只面粉袋，收走了四大炕的货。

就是这人，脸红扑扑的，定是刚吃足了酒，谈锋甚健。他是一家饭店的厨师，秋娘的烧豆腐是他们饭店天天要上的一道菜。得知我是外地人，他扯着嗓门，不无炫耀地告诉我，秋娘的烧豆腐是本地一绝，不但好吃，还好看、好放。好看到什么程度？把他一面粉袋的家伙倒出来，不会有一个焦或有一个生的，个个圆成一个形，焙成一个色。好吃到什么程度？如果你吃的时候不计数，一面粉袋家伙全吃完了，吃到吐，嘴里还是香的，馋的，还想吃。好放，是因为她的烧豆腐每一个都熟到家了，没一个半生不熟的。就是说，只要有一个半生不熟，就会提前馊腐，然后像一粒老鼠屎，一烂二，二烂三，最后把“一锅粥”都整烂掉。他分明被酒精乱了分寸，临走前有失体面地把我揽到怀里，对着我耳朵做出悄悄说的样子，却大声说：“你知道秋娘的烧豆腐为什么好吃吗？因为她在用卤水熬制豆腐时加了罂粟壳。”

秋娘听了，扬起火钳，威胁他，骂道：“你哄鬼啊！我天天做两大锅豆腐，哪里去找这么多罂粟壳。”

他笑道：“人家都这么说的。”

秋娘骂：“放屁！我从来没听人说过，就听你说。”

他借着酒胆，照旧有恃无恐：“你得承认，我没说错。”

秋娘气得又扬起火钳："你还敢放屁，看我打烂你的臭嘴!"说着立起身，冲上来，真的要打他，吓得他狼狈而逃，消失在黑暗的街头。秋娘举着火钳，对着黑暗，像个泼妇一样大声嚷了句脏话，回头对我说："他喝醉酒了，你别信他。"

我不信，可我想知道，你的烧豆腐为什么成了本地一绝，是不是有什么祖传的工艺？秋娘淡淡地说："有什么？没什么，就是做得多了。我从十五岁开始做这东西，天天做，今年六十岁了，烧掉的木炭堆起来比这县城还要大。"接着，秋娘一边给我烘烤豆腐，一边对我讲起了她坎坷辛酸的大半辈子。最后，她总结性地说："你说我孙子为什么开口叫的第一声是奶奶？一个道理，我付出得多，就会有回报。什么东西都一样，你摸多了就熟了，熟了就巧了，巧了就精了，精了就绝了。"

秋娘不识字，但她有经历，有苦难，有恩情，有付出，有回报。这一切铸造了她，包括绝的手艺，辣的性格，质的见识，以及满脸刀刻一样的皱纹。很奇怪，秋娘的头发黑得不见一丝白，在昏暗的路灯下显得更黑，像乌鸦的翅膀那么黑，中间分开，用发卡牢牢贴在头皮上，斜斜地下垂，齐肩，刚好盖住耳朵，有点怪异的时髦。我想这一定是因为工作需要，别让炽热的炭火燎了乱发，也不让炭灰落入耳朵。

2012 年 9 月 9 日

当兵六说

开场白

查阅了《辞源》和几个版本的词典，都没见到“当兵”的词条或词组。细细一想，这“当兵”的说法实是个俗称，庙堂是不认的。虽说“当兵”之说俗而不雅，登不上大雅之堂，但其约定俗成的意思是明白的，准确的，不言而喻，独一无二。

古人把“当兵”称为“从军”或“从戎”。《史记》第一百四十四卷“东越列传”中记：（刘福）旧从军无功，以宗室故侯。古人说：人为卒，从戎也。今天，我们称“当兵”的书面语一般为“参军”或“入伍”，但交谈中使用频率最高的还是“当兵”。再说“兵”字。在古汉语中，“兵”的本义是指兵器，引申后才有“士卒”之意。有趣的是，在当“士卒”之意时，“兵”和“丁”两个字常是互用的，联动的，有点不分彼此的亲热劲。而“丁”字的本义是指黎民百姓中的成年、壮年男人，古代书中常有“丁力”、“丁夫”、“丁奴”、“丁匠”、“成丁”、“壮丁”等之说。如此说来，当兵似乎是男人的事，起码是在古时候。现在当然不是了。不过，现在人似乎是比较复杂的，我们总是一边看着《这里的黎明静悄悄》，一边也在看《战争让女人走开》这样的影视剧或书籍。这就是复杂，就是现今人和古代人的不同。

史上第一女兵

让世纪向后翻上一个大跟斗，就到了距离今天一千四五百年前的魏晋南北朝。有个大名鼎鼎的人，同样在张罗着从军的事。因其生着女儿身，无缘“从戎”，不得已，只好乔装成“丁”。此人便是花木兰，有诗赋为证：

> 唧唧复唧唧，木兰当户织。不闻机杼声，唯闻女叹息。
> 问女何所思？问女何所忆？女亦无所思，女亦无所忆。
> 昨夜见军帖，可汗大点兵。军书十二卷，卷卷有爷名。
> 阿爷无大儿，木兰无长兄。愿为市鞍马，从此替爷征……
> 同行十二年，不知木兰是女郎……

虽是诗赋，却也是史实，中国的文史素来是不分彼和此的，纠缠在一起，想分都分不开，分不清。在翻遍手头文史典籍后，我突发奇想，觉得花木兰着实称得上是中国历史上第一个有据可考的女兵。知道了第一个女兵后，又突发奢望，想知道第一个有名有姓的男兵。考查无果，请教高人。高人深感这问题之无聊和艰深，难以做出正面的回答，只得像诗人一样闪烁其词地说：地上有的第一个男人就是他自己的兵。

这话说得玄，但我还是有所心得，想，这当兵的历史是跟人类一样古老悠久的。

天下第一耻

花木兰是女儿身当了男儿兵，纺织女顶了万夫勇，传为世人美谈。到了南宋时，有个岳飞的同代人，身为七尺男儿，受着高官厚禄的恩泽，干出来的事却为人不齿。此人便是奸臣秦桧。在我家乡的西湖岸边，秦桧至今还跪在“仰天长啸，壮怀激烈”的岳飞墓前，为纷至沓来的后人游客深恶。

尽管秦桧之耻已示众警世，但不乏后继者。远的不说，就说一个近的，是我身边人，其孙子做过我三年同学。他有名有姓，却一向被人唤作“狗崽子”，因的是他爷爷曾替日本佬当过伪军头目，官至团长，是当时我们老家县上第一号威风人物，胯下骑的是日本大洋马，腰间别的是十三响手枪，屁股后头挂的是日本大洋刀，反正一身内外都是日货。听父亲说，日本佬投降后，伪团长是第一个被拉到富春江边，当着几万民众的面被毙掉的。执刑的人走后，无人敢收尸，围观的民众纷纷上去朝尸体吐痰呸沫，几天里肮脏的口水把伪团长泼得像一只溺死的落汤鸡。有道是：卖国求荣，苟且偷安，乃奇耻大辱，属天字一号！兵当到这份上，自是无耻至极。

其实，我们家乡距离西湖仅三十六公里，秦桧跪岳飞之塑像历时已久，想必伪团长不会没见过。见过了还要仿效，就是无耻又无耻的啦。

父亲的故事

说说父亲有意思的故事。

父亲今年七十五岁，解放前一直跟爷爷在富春江的支流大源溪上撑竹排，卖苦力谋生。六十年前的一个夜晚，一个戴眼镜的人找到我爷爷，说有个病人得了急病，要连夜送去东梓关看病。东梓关是富春江边的一个村庄，村小名大，是因村里有一高人，姓张，会徒手接嫁骨头，用现今的话说，是著名的骨伤科医生。父亲说，骨头在他手上，像针线在裁缝手上一样听话。那时没有公路，只能走水路，去东梓关，要沿富春江逆流而上。爷爷和父亲把竹排划到我们镇上码头，一只乌篷船已经在那儿等他们。船上有四个人：一人躺在担架上，裹在棉被里，看不见人样，只听得见不休止的呻吟声；另外两个人是抬担架的，还有一人就是那个戴眼镜的人。

上船后，父亲发现抬担架的两个人，皮带上都别着乌黑的驳壳枪，在肥大的衣服里面若隐若现。十五岁的父亲见了又惊又喜，变着法子地跟他们套近乎。船到东梓关后，客人要求父亲随他们上岸，说是帮忙，实质是怕爷爷和父亲失信走掉——父亲是作为人质被带走的。张大夫名不虚传，几个小时后，船又载着四人往回走，担架上的人已经减了痛苦，可以坐起身子跟人拉呱。他动员爷爷让父亲“跟他们走”，去当兵。起初爷爷是同意了的，所以船到我们镇上，父亲便抱着两件衣服告别爷爷，随他们上了岸。但走不出百米远，爷爷又追上去，反悔了，叫父亲跟他回家。爷爷说，孩子还小，等他养两年再送给部队。两年后，父亲想找他们也找不到了。解放后，有天父亲去县上开公审大会，大会开始，主持人说下面请赵县长宣读审判书，出来的人就是那个戴眼镜的人。父亲后来经常说，那天他要跟他们走了，当的就是新四军。

再说，回头一年，即一九四八年，父亲已经娶妻生子，对扛枪打仗的事已经不感兴趣。然而一天夜里，他被镇上李保长下头的几个人押去镇上，扒掉了衣服，套上一套黄不拉叽的制服，连夜被送进杭州城，塞上了一辆不知去向的火车。下了火车又行军，行了军又坐船，不知要去哪里。在船上，父亲看见一船船的伤兵跟他擦肩而过，还有火炮不时在水里炸响。炮弹响一下，船上乱一回，混乱中父亲看有人偷偷溜下船，没在水中不见了。父亲水性好，便跟着下了水，直到天黑才游上岸。

不用说，这就是抓壮丁，是国军逃走台湾前干得最多的事。父亲说，仅解放前一两年里，村子里被国民党抓去当兵的有四十几人，村上多数人家的青壮年都被抓过，有的被抓过两三次。这些人多半像父亲一样，以各自的方式开了小差，逃回家。征兵征到这地步，军队的战斗力也就可想而知。这样的军队，别说八百万，纵然八千万照样也要被打得稀里哗啦。

父亲说，没有当上新四军是他人生的一大遗憾，但能及时无恙地从国民党军队里溜号出来也算有幸，否则他这辈子不是白死了，就是白活了。

中华儿女多奇志

小时候我最崇拜的一个人是海霞。海霞是何许人？海岛女民兵。

海霞是个虚拟的人物，出自黎汝清写的小说《海岛女民兵》，走红于吴海燕主演的电影《海霞》。这部电影在我小时候是放了又放，然后又被大大小小的地方文艺团体改编成各种剧目，以形形色色的面貌登上各种舞台，引得所有男女青年都以海霞为偶像，争当民兵。就这样，虚变成实，一个变成了无数个，包括长我八岁的姐，当了女民兵，也穿戴得跟海霞一样。在家里面，我们都叫她海霞。出了门，因为海霞太多，为了区别，被冠以一个个定语，叫某某家的海霞。当时差不多年龄的姑娘，稍微出挑一点的，都被人这么喊。被这么喊是一种承认，是一种光荣，更是一种责任。每天到了晚上，姐总是把两根辫子扎得硬硬的，然后扎一根皮腰带出门，到操场上参加军训，要很晚才回来。白天上班，夜里训练，或者四处警戒、巡逻，这就是当时一个民兵的生活。《现代汉语词典》对“民兵”一词是这样解释的：

①不脱离生产的、群众性的人民武装组织。②这种组织的成员。

当时我们村里的组织叫民兵大队，下属三个民兵连，其中一个是女民兵连，我姐当过副连长，主管夜间巡逻事宜。对当时活跃在祖国大地上的千千万万个女民兵，伟大领袖毛泽东曾赋诗一首：

飒爽英姿五尺枪，
曙光初照演兵场。
中华儿女多奇志，

不爱红装爱武装。

我当兵后，曾在军队内部刊物上看到过一则报道，是个美国记者写的，说的是中国除了常规的海陆空三军外，还有一支庞大的民兵队伍，人数过三亿。对这个数字，我们的军事教员在课堂上曾严正地指出：肯定是少了！

美好的事情

一九八一年，我参加高考，考了个全班第三。那时候是先有成绩再填志愿，填志愿是临门一脚，很关键。为此，父亲专门往县上跑了一趟，找人请教，回来就铁定地叫我填“解放军信息工程学院”（现更名为解放军信息工程大学）。那时候我国南方正在打仗，母亲因此不同意，怕我被拉去前线有个“三长两短”。父亲火了，说长了短了都是烈士，光荣的！我就这样当了兵。在上学期间，我享受的是义务兵待遇，吃穿不要钱，每个月还发津贴；家里同样享受军属待遇，大门口张贴着“光荣之家”的金字，过年过节政府还上家里慰问，发一些鸡鸭鱼肉和年画什么的。父亲说，又上学又当兵，一文一武，学问和光荣两头都赚了，世上哪有这么美好的事，美好得很哪！到军校后，我的光荣感也达到极限，因为我发现有一半同学高考成绩超过我几十分，我是高攀了。父亲知情后，又强调说这是“美好的事情”。如果人生可以重新来，我可能会修改掉其中不少内容，但当兵这桩事是不会修改的，因为我基本同意父亲的观点：当兵是“美好的事情”，我的人生因它而被磨亮。

一般人可能想不到，后来我虽然转业到地方工作，但其实还是一名军官，有部队，有职务，有头衔，具体职务是中国人民解放军预备役第十七师三团政治处主任，中校军衔。《兵役法》明确指出，预备役是中国人民解放军的组成部分之一，每一个预备役军人都有义务保家卫国，随时听从部队召唤。

更美好的事

一九九三年春夏之交，我收到一封发自柬埔寨金边的信，信封的右下角有明显的“UN”字母。这个“UN”标记总觉得很眼熟，一时却又想不起是什么。阅了信才知道，这是联合国维和部队的标记。

信是时任成都军区宣传部副部长王爱飞寄来的，他当时的身份是联合国驻柬埔寨军事观察家。中国军人代表联合国赴他国执行维和任务，这是第一次。参与此项任务的有四十六名专业军事人员，履行的是军事观察家之职之责，同时还有一支由三百多名官兵组成的工兵营部队，主要执行诸如扫排雷等任务，消除战后隐患。部队于一九九三年初赴任，历时一年零三个月，完成任务出色，得到了联合国的支持和表彰。当个“UN”的兵，自然是新鲜的事，更是荣幸的事。王爱飞虽是和我相识已久，却从未有过书信往来，此次特别地千里来信，大概也是为了与我一起分享他的荣幸。

这荣幸属于他个人，更属于我们国家。据说，现在我们国家的军人接受联合国指挥，被派驻到他国去执行维和任务的机会越来越多。我觉得，这是“更美好的事”：我国军人在他国维和，而不是让他国军人来我国维和。什么时候谁家的国土上出现他国军人，不管是“UN”还是“××”，总不是件好事。往前看，没多远，这样的事情就摆放在我父辈的国土上，现在我们终于把这一页锁进历史簿里。现在我们出去啦！去吧，去吧，我对着王爱飞寄自金边的信封想，只要你们在“UN”队伍里，我这个预备役军官就不可能再回到队伍里去啦！

地震四记

受惊记

符合所有大灾难的特征，虽然有个别零散的征兆和暗示，但没有任何确凿的消息和大面积的风声，于无声处中，于无防备中，我身边的地裂开了。

地震发生时，我正在成都市少年体育中心打羽毛球。这是我坚持已久的一项锻炼，在每周一、周四下午两点至四点。当时我刚打完一场球，正在休息中，忽听屋顶发出哗哗的响声，像一支队伍在屋顶急行军。我抬头看了一下，发现哗哗声转眼间已经变得更加汹涌，好像急行军的人数又增加了一倍。我的理智迅速做出了反应：地震了！我对馆内的人喊：地震了！一边往外跑。没人相信我，我脸上的笑容似乎也有点不相信自己。跑到门口时，发现屋顶像筛子一样纷纷筛下了陈年尘埃，与此同时，我看到屋顶在摇晃。已经不容置疑！我回头再喊同伴，急切的声音令他们深信不疑，立即丢了拍子往外冲。这一切都发生在几秒钟的时间内。又过几秒钟，我们已冲到室外。似乎有短暂的间隙，我们正在怀疑刚才的异常是不是地震时，新一轮震动开始了。明显比刚才剧烈，我感到脚下厚实的水泥地变薄了，变活了，在隐隐地动，人像站在船上，船在水中荡漾。但我不可能有这种错觉，因为我惊恐的双眼清晰地看到，两边的楼房像失去了重量，在风中晃动，随之玻璃咣当咣当地往地上砸。我的三个同伴飞身跳过绿化带，去了更开阔的空地。我比他们迟了一秒钟，却再也不敢尾随。因为，我担心就在我飞身跳过绿化带的一瞬间，旁边的体操房会倾坍，把我永远地埋在绿化带里。我置身的空地是两个室外羽毛球场，三边都有房子，看上去三栋房子晃摆得越发厉害，似乎随时都可能垮下来，如果它们同时包抄我坍塌下来，我不论选择站在哪里都必死无疑。我不想就这么死，眼睛飞快地在三栋房子间巡睃，指望能及时发现谁先垮，好让我争取唯一可能的逃生机会。据后来地震局说，这次地震持续的时间只有五十四秒，减掉前面的十几秒，我挨熬的时间也就是半分钟多一点，但我感觉漫长得已经把我全部的心力都用尽了。

恐惧把短暂的时间无限拉长了。

这是一种无法形容的恐惧，回忆起来仿佛是假的。

当震感彻底消失，惊魂甫定时，我首先想到的是我儿子。儿子十一岁，在上小学。我给老师打电话，手机成了一块废物，无论是打座机还是手机，都是“连接错误”。我只好开车去学校，一路上看到街头站满了人，叽叽喳喳的，不时还可以看到一些瓦砾，散落一地。围观的人把道路堵了。在繁华的琴台路上，由于堵塞得厉害，我的思绪第一次兜回来约见了我。我问自己：震中在哪里？有多少级？会不会有人死了？

接孩子时，发现学校的一面墙上有一条裂缝，不大，不到一厘米。儿子很兴奋，说还有更大的裂缝，硬要带我去看。我拉紧他的手，默默地往外走，心里想的是要马上回去，看看我家的房子有没有裂缝。回了小区，却回不了家，物管不准任何一个人进楼道，还在大声吆喝，叫楼里的人都下楼来，说还有余震。喊得人心里惶惶的，不敢往所有建筑物边站。我加入了叽叽喳喳的人群中，远远看见一个身穿睡衣的妇人，披头散发。我下意识地避开目光，孩子却冲了上去，大喊妈妈。当时她正在八楼上睡觉，一本飞来的书把她砸醒了，继而看到所有书都从书架上飞出来，继而是抽屉，衣柜上的皮箱，书桌上的台灯、茶杯，鱼缸里的水，等等，都像中了邪，纷纷往地板上扑……这时候，我想她即使没有穿睡衣大概也会冲下来的，顶多裹一层床单什么的吧。

下午五点十九分，我的手机接到了地震后的第一条短信，是在市政府机关工作的友人发来的，内容如下：发生特大地震，市政府要发公告，不要回家，赶紧购物，去郊外找地方过夜。

这天晚上，我是在车上过的夜。不是宽大的房车，只是一般的轿车，挤了四个人，根本无法入眠。我一次次从车上下来，在黑暗中走啊走，不敢停下来，停下来就有成群的蚊子嗡嗡地包抄上来，还感到冷，因为我还穿着最短、最薄的球衣球裤，而天已经准备下雨了……雨在半夜里落下，淅淅沥沥的样子预示着不会立即停止，正如我身边的灾情一样。

捐款记

男儿有泪不轻弹，只因心伤未重深。

这次灾情无比蛮横地激活了我的泪腺，我经常像个娘儿们一样痛哭流涕，泪流满面。我后来都不敢听广播了，每次听广播都是以哭告终。所以，特别能理解那些在电视机面前抱头痛哭的人。我住在车上，看不到电视，但可以想象电视会怎么叫人堤决肠断。

第一次落泪，是第二天清晨。儿子被击打在车顶的雨声吵醒，我便打开广播听新闻。也不知是哪个台，哪个记者，反正是个女的，她在都江堰灾区做现场报道。她告诉我，她的背后曾经是一栋五层楼，楼里有三百多个学生，现在楼房已成废墟，逃出来的只有十六个孩子，其余的人都急等着我们去营救。家长们在雨中跪在地上，求天求地，哭声震天。她一边说一边往废墟里走去。突然，她听到有人在喊她："阿姨救救我，阿姨救救我们……"她上前看，看见一根倒地的大梁下伸出一只手，里面有几个声音都在喊，要她救他们。记者的声音里早浸透了哭泣，说到这里，她似乎再也说不下去，只是一味地哭，号啕大哭，根本没有了语言。我下意识地抱住身边的儿子，泪水哗哗地往下流，模糊了视线，同时又仿佛看见了那只从废墟里伸出来的手，它沾满鲜血，五指张开，奋力摆动着，血水随着摆动滴落在地，发出澎湃的声音……

车窗外，雨越下越大，大得已经让救援的飞机无法从凤凰山机场起飞。真是祸不单行啊，这时候居然来这一场！我要说，这不是一场普通的雨，它一方面像个善解人意的好人，替我们哭天抹泪；

另一方面，它又是个落井下石的恶人，让无数本来可以生还的人永远失去了生的机会。地震第一天，虽然救援人员以最快的速度从全国各地云集四川，但由于空中和地面的双重阻拦，救援人员无法正常有效地施救，而第一天施救的成功率高达百分之八十，到了第二天下降为百分之三十，到第三天只剩下百分之七。这场雨让我丢掉了太多的乡亲！我恨它!!

八点多，我从广播里第一次听到伤亡报告：只是都江堰一个地方，只是第一天，死亡人数达到一百四十七人，受伤的人有三百四十五人。随后，广播里号召大家去献血，因为血库告急。我是O型血，且不久前为补牙才做过血象检查，一切正常。我决定去献血。当时我在乡下，距成都市区有二十多公里。医院在多个地方设了献血点，我根据所处的位置决定去天府广场。我开车到天府广场一看，愣了！完全想不到，广场上已经排起望不到尽头的长龙。收音机说“长龙”有八百多米，我觉得无法统计，因为还有很多像我一样的“旁观者”。中国人爱旁观，但此刻我相信他们都不是旁观者，他们都是准备来献血的。

成都人的心在这一刻凝聚了！

这个城市素以慵懒、休闲、享乐著称。有人说，这个城市每天都有三十万大军在麻将上驰骋；有个笑话，说飞机经过成都上空即可听到下面人在搓麻将。我不是成都人，但在此已生活十余年，也认为这个城市少了些阳刚之气，多了些自我陶醉。正是这种偏见，让我在望不到头的“长龙”面前越发地感动起来。雨哗哗地下着，我呆呆地立在嘈杂的广场上，对这个城市涌生了从未有过的敬爱和自豪，即使在雨中，我依然感到我的泪水是烫的，夺眶而出，灼伤了我的眼。也就是在这一刻，我开始强烈地问自己：我应该做些什么？我能为灾区做些什么？

回来的路上，我连找三家银行，终于在草堂附近的交通银行提到了四万九千九百九十九元存款，决定捐给灾区。本来想多提一点的，因为没有预约，是临时取款，银行只能取给我四万九千九百九十九元（五万以上要预约）。当天没有捐出去，不知道往哪里捐。第二天，因为举家往乡下转移，也没时间去捐。第三天上午接到单位通知，单位组织捐款，我带着钱去单位，照旧是一边开着车一边听着广播。广播告诉我，伤亡人员在急剧增加，来自全国甚至全世界的救援人员也空前之多；车窗外，到处是露宿的帐篷、救护车、赈灾车、捐赠点……熟悉的城市看不到熟悉的景象，一切像是都变了样，人们扛着成箱的食物、矿泉水、衣服穿梭在大街小巷。不知怎么的，我突然觉得身边的钱太少了。我突发奇想，给十一岁的儿子打了一个电话。我从儿子出生的那一天起，每年生日给他存一万元钱，计划是存二十年，算是给儿子将来的创业基金吧。我决定把这笔钱拿出来捐给灾区。跟儿子商量，儿子爽快地同意了，不知是出于觉悟还是无知。于是，我掉转车头，去罗家碾农业银行取款。银行给我算了一下，连本带利有十五万零几百元。我要求取十五万，按银行规定，我知道是不可能的。但得知我是准备去捐款的，负责人当场拍板，同意我一次性取出。

就这样，我有了二十万，我决定全部捐给灾区。我知道二十万对灾区来说是微乎其微的，对我来说却是个很不小的数字。取了钱以后，我也一度犹豫过，我需要给自己找到一个强大的理由。我甚至给好几个朋友打去电话，征求意见，一小半支持，一大半反对。

反对者认为，我儿子还小，对这笔捐款，他未必能懂其中的意义，我在数字上过于高调可能也容易引人非议。但我最后还是一意孤行，似乎没有太多的理由，只是一种心情。

也许是因为我太看重这笔钱吧，当时我有个想法，希望能知道这笔钱将来的去向和用途。单位负责捐款的人无法告诉我，让我自己跟红十字会联系。我跟他们联系，也许是太忙了，太累了，也许是捐款的人太多了，也许是我的要求过分了，总之，我得到的答复不但是否定的，而且是冷淡的。我觉得非常失落。我把钱扔在车上，开车回到了乡下。这天手机信号已经基本正常，我跟作协领导和几个在灾区有一定领导职务的朋友联系，目的就是想把款子捐出去，捐到一个有名有姓的地方。绵竹一位局长朋友提示我，可以灾后援建一所学校，只是我的钱要建一所学校似乎太少了。她建议我不妨私下找些朋友，再凑一些钱，等救灾工作告一段落后，她来帮我负责联系援建事宜。

我觉得她说得在理，便开始“募捐”了。

募捐记

我最先“募捐”的对象是阿来。电话打过去，说了想法，得到的反应居然是没反应，令我很诧异。事后我才知道，当时他的三妹在震中映秀镇失踪，尚未找到，他心烦意乱，四处奔波寻找，自然难有他心。是祖坟冒了青烟的运气，阿来三妹绝处逢生，失踪后第三天，徒步从灾区走出来，虽然历尽惊吓和艰险，但终归是平安了。

五月十六日，也就是阿来得知三妹无恙后的次日，我和他应人民文学出版社之邀，去北京搞义卖签售活动。因成都机场忙于转运救灾物资，客运很不正常，我们便自己开车去重庆搭机。一路上我谈起“捐款记”和募捐的想法。谈着谈着，来了劲，我们想，能不能以灾区作家的名义发起一个倡议，邀集更多的人来做这件事。从成都到重庆的路上，我们俩轮流开车，分头给各自的朋友打电话。朋友们非常响应，令我们非常感动和激动。接下来，阿来与阿坝州教育局领导联系，我们提出，对我们募来的善款要专款专用，还要接受我们的监督和管理。对方并无异议，便很顺利地达成了相关协议。虽然是口头的，但至少有了一定基础和保证。后来，我们还联系上四川儿童文学作家杨红樱，她捐款二十万，并愿意加入我们的行列，与我们一起来做这件事的发起人。这样更增加了我们做这件事的信心和力量。

开始，我们只是在私下募捐，主要在朋友和作家圈内进行，后来在新浪读书频道做客聊天时偶然谈到这件事，一下得到了好多人的支持和响应。就这样，我们的“心”也越来越大，专门写了倡议书，公布于众。从此，我们有幸强烈地感受到了一颗颗来自全国、全世界各地的滚烫的心，一份份沉甸甸的血浓于水的真情爱意。灾难无情，人有情。作为灾区一员，这次灾难给我的震撼和感动是破天荒的：一方面是灾区噩耗频传，令人痛心疾首；一方面是身边赈灾的感人事迹层出不穷，令人豪情万丈。为什么我的眼里总是含着泪水？因为我深深地爱着这片土地。爱有时显得那么空洞、稀缺，但在今天，在汶川，在北川，在青川，在四川，在我们身边，在我们的倡议行动中，又显得那么地多，那么地深，那么地具体实在。连日来，我们几乎时刻都能看到人心空前清澈、善良、美丽的美好图画。汶川把我们的心紧紧相连了！如果灾难注定有这样的效应，那么请允许我说：我获得了承受这种灾难的勇气。

北京、上海、广州、成都、杭州……一夜间，我们拥有了无数熟悉又陌生的朋友，有的致电，有的来信，有的汇款，我们的心一直处于不休的感动中。由于仓促，我们的倡议行动其实有诸多不尽如人意处，但没有人怀疑我们，更没有人指责或嘲笑我们，有的都是伸手、握手、拥抱，直接、间接地加入到我们的行动中来。北京的脚印，上海的袁杰伟，广州的谢有顺等人，他们不但自己捐款，还直接参与到具体的工作中，牵头在各自的城市里为我们呼吁，组织身边的亲朋好友与我们一起高唱《同一首歌》。于是，余秋雨、黄育海、路金波、杨新岚、冯晓虎、侯虹斌……举不胜举，都成了我们的朋友、战友，成了灾区无数孩子的知心人，他们亲爱的叔叔、阿姨。想象着，有一天，这些人的心意和愿望将变成一块块砖，一片片瓦，一本本课本，一支支钢笔，一棵棵小草，让今天还沉浸在悲痛中的孩子们重新绽放出一张张笑颜，在琅琅的读书声中度过每一天，在知识的海洋中欢快畅游，游过废墟，游过悲伤，游过冬天，游向春天，游向蔚蓝的天空，我们就觉得再累也要把这件事情做下去，切实地做好它。我们相信，也请广大的你们相信，我们不会糟蹋每一分钱，我们要让每一分钱都闪光，都落到实处，都去努力抵抗今后可能有的地震、飓风、泥石流，以及各种各样的灾情。一个篱笆三个桩，一个好汉三个帮。灾难教会了我们如何去面对灾难，那就是用真心去凝聚真心，用真心去呼唤真爱，用真心去关爱需要我们关爱的人，用真心去创造美好的明天。

亲爱的朋友们，衷心地感谢你们！

灾区的孩子们，你们别怕，有无数的叔叔阿姨与你们在一起！

拷问记

从地震第三日起，约我写稿的报刊，像私下沟通好似的，电话，短信，邮件，留言，纷至沓来，一发不可止。到十八日下午，举国默哀的公告发布后，形成高潮，几小时内至少有几十家报刊诚恳地向我索稿，理由充足：你是灾区作家。我一概拒之。其实，正因身在灾区，我失去了发言的欲望。一方面，大量实时新闻、直播报道铺天盖地，席卷而来，我看到的、想到的多数已经被人充分乃至重复地说了，我说无非是再重复，意思不大；另一方面，我确凿想说的一点真切感受，悲痛中夹杂着巨大的愤恨，说来也不见得有帮助。大“敌”当前，我们需要团结，鼓劲，把愤怒藏起来，把恨转化成爱，把语言变成行动。我不顾“作秀”之嫌，像个“富豪作家”一样高调地捐款，后来又与阿来、杨红樱以灾区作家的名义发起“5·12灾后乡村学校重建行动”，四处募捐，正是因于我有些独特的所见和感受。我本不打算说出这种感受的，这中间既有个人的隐私之故，又有公理公心之因。但连日来这种相似的感受被一再放大、强调，如鲠在喉，有点不说不快的意味。那就一吐为快吧，我对自己说。

事实上，地震后第二天，我在银行取了款（第一笔款）后，想捐又不知往哪里捐，开着车，漫无目的地在城里乱转一气，不知不觉中，车子已经开出城，上了三环路。要没有突然听到广播上播报都江堰严重的灾情，我应该是从成温（成都到温江）路口出来，去温江乡下，那里有我临时设的避难所。其实之前我并不知道，这次地震，都江堰是重灾区，我以为都江堰离成都仅三十公里，成都无大碍，想必那边也不会有大灾。但广播告诉我，都江堰的灾情十分严重，死亡人数已达三百二十四人（是当时众灾区已知的死亡人数最多的地方）。我大为惊诧，连忙给我在都江堰的三位老友打电话。电话都不通，发短信，只有一人回信告知他平安，另外两人——黎民泰和 W，连发多条短信，均无回音。适时，广播具体说到都江堰 XJ 小学的一栋教学楼垮了，有二百多人被埋在废墟中。这个消息让我震惊无比，因为我知道 W 就供职在那所学校。没有思考，没有决定，我的车像认识路似的，一路往都江堰驰去。

这是灾后第二天，救灾工作尚未完全展开，去灾区的路还没有彻底被管制起来，高速公路上排起了长龙（也许是受了管制），但老成灌路、成青路都未见大的异常。我走的是老成灌路，虽然下着雨，路况不好，但还是能走，没有遇到交警阻拦（第二天私家车就不行了）。追究 W 是什么人，和我有什么特殊的关系，没意思，她如今长眠地下，我说什么都听不到了，但并不意味着我可以乱说。她很年轻很漂亮，如果可能做她的男友，我会很荣幸的。但事实上，她只是我一个稍稍特殊的读者。我们在二〇〇三年相识，见过两次面，当时她还在成都某高校读书。她毕业到那边工作后我们再没有见过面，只是偶尔她会给我来个邮件和短信，连电话都没有通过。直到去年十一月，她突然给我来了一个电话，我知道她结婚了，但生活似乎遇到了一些问题，所以想见见我。电话中，我听到她的抽泣声。当时我正在做新书《风声》的宣传，不在成都，只是简单地安慰了她，答应回成都再见面。后来她没有再来电话，我虽然偶尔也想去见见她，但终归没有成行。我惦记着她的生死，这可能就是原因：

我没有践诺，而这本来是一件很容易的事。现在她去了地下的远方，我永远失去了践诺的机会。与她的死相比，我因为失信而难过的心情似乎不值一提。但问题就在这里，她死了，我的愧疚将永远活着。

我今天要说的不是W的问题，这是个私人问题，我个人可以解决。即使解决不了，受拷问的也只是我——我乐于接受拷问，可以把它留着；不乐于接受拷问，也可以把它丢掉。我要说的是一个可能跟我们大家都有关的问题。当我赶到XJ小学时，开始居然有一种错觉，以为这里不是发生了地震，而是在拍电影，因为我看到只有一栋楼塌了，周围的建筑都骄傲地屹立着，仿佛塌的这栋楼不是地震塌的，而是被炸药定向爆破的。现在已经确认，这栋楼埋葬了二百四十名师生，它就是XJ小学教学楼。提前一天，我们也许无从知道这栋楼的内部细节，现在坍塌成一堆废墟，墙体、预制板、横梁裸露在外，乱七八糟，却无法掩盖铁的事实。两名疯狂的家长对在场的记者高举着断裂的预制板，要记者看里面有什么，有没有钢筋？没有。我看到，里面什么也没有，连铁丝和竹条都没有。我马上想到，周围的楼房为什么不倒，秘密就是它们的水泥里面也许夹着钢筋，或者铁丝，或者竹条。

因为W，我不幸看到一个现场，一个真实，它让我已有的悲痛变得不再那么单纯，而是夹杂着一股无名的愤怒。我离开现场时，甚至暗暗地希望那些已经在雨中哭干了泪的家长举着断裂的预制板去上告，查个水落石出，把偷吃了预制板里的钢筋的恶鬼揪出来，判入地狱，生不如死。荒唐的是，我这么想着不久，绵竹的一位局长朋友给我打来电话，告诉我一件事：他们的领导，也是我的朋友蒋书记今天当众给群众下跪了，现场有记者，可能要报道，想我在媒体工作，又是名人，能不能找有关领导说一说，别报了，即使要报也找个好角度报。我纳闷书记为什么要给群众下跪，局长说他们那儿死了好多学生，家长要去上级部门告，他去劝阻，阻止不成，情急之下，跪地而求。我说这是地震哪，是天灾，又有什么好告的。局长说，你不知道那些校舍建得质量太差，全是豆腐渣建筑，家长们气不过，要去讨说法。我马上想起刚才看到的那些“空心”预制板，心里想，看来这不是XJ小学一个学校的问题。

何止是一个学校！

我掌握的资料非常有限，据我所知，在这次地震中四川省坍塌的学校有北川中学、聚源中学、向峨乡中学、汉旺中学、漩口中学、东汽中学、木鱼中学、红白中学、红白小学、映秀小学、富新二小等不下三十所，倒塌的校舍逾万间。迫使我朋友下跪的就是富新二小的家长，这所学校倒塌的教学楼的建筑图纸居然是偷来的，是某中学图纸的复印件。如果按图施工，可能也不会顷刻倒塌，关键是偷来了图纸，施工中又偷工减料，一偷再偷，结果把孩子们的命都偷走了，把我朋友—— 一个堂堂书记的尊严也偷走了。所谓朋友，其实也是一面之交，并无多的往来和交情。印象中，他是个大块头，大嗓门，年轻时当过多年兵，后来又干过公安，应该不是那种软弱无能的人。我难以想象，他因于何故要下跪，是出于对死者的同情，哀而无膝，还是别的什么原因？但愿他是“哀而无膝”吧，这样丢失的也仅仅是尊严而已。面对那么多年轻的生命，尊严又算得了什么呢？

地震虽然才过去十多天，但有个问题已经是老得成茧了：为什么倒塌的建筑中有那么多是校舍？为什么那些校舍总是在顷刻间坍塌，以致我们年轻活泼的生命都无机会逃生？坍塌的校舍啊，你多摇晃几下再塌吧，他们会跑得很快的，因为年轻。可你是空心的，不长骨头的，又是年久失修，只会在风中摇晃，哪会在八级大地震中摇晃？如此大的地震，你没有第二选择，只能在刹那间崩溃，裂成一堆烂砖烂泥。可你为什么不长骨头？难道你的骨头全是被黑心老板吃的？我刚在网上看到一篇文章，是《南方周末》记者傅剑锋和姚忆江采写的《聚源中学倒塌悲剧调查》。聚源中学和 XJ 小学同在一城，这次地震中有两栋教学楼在瞬间化为乱堆堆，损失比 XJ 小学还惨重，有二百七十八名师生遇难，十一人下落不明。傅、姚的《调查》在列举了众多悲剧后明白地告诉我们：四川省从一九九二年到一九九六年完成“普九”，到二○○五年尚欠“普九”八十一个亿，到去年年底还欠债近四十个亿，其中都江堰在去年年底的政府工作报告中还在强调“普九”的债务问题。一九九六年应该完成的“国家任务”，十二年后还欠着几十个亿的巨债，与此同时，我们每年在餐桌上要吃掉多少个亿？公车要跑掉多少个亿？出国观光要出掉多少个亿？等等，等等，不能问下去，问下去头皮就要发麻，心就要痛，大脑就要傻掉。

都说，孩子是祖国的花朵；都说，教育是国家的根本；都说，老师是辛勤的园丁；都说，龙门山脉是地球人都知道的地震带；都说，现在的孩子都是独生子女；都说……都说……我们什么都会说，说得天花乱坠，说得口沫横飞，说得津津有味，说的比唱的好听，可就是说完拉倒，过过嘴瘾，不见落实，为什么？为什么?! 这个问题太深奥，我也许不配知道。

2008 年 5 月 21 日至 30 日散记

附倡议书：

劫后重生

——关于发起“5·12灾后乡村学校重建行动”的倡议书

亲爱的朋友：

毁灭性的灾难就这样突然降临了……

身在灾区四川，不仅灾难情景历历在目，而且，每一天，我们都看到人心空前凝聚，团结无私共赴灾区所焕发出来的巨大力量！每一刻，我们都让怜悯与同情的洪流所淹没，所荡涤！震惊与悲痛之中，我们听到灵魂的钟声在心灵深处敲响，唤醒了人类伟大的良知。

作为一个公民，我们都做了一些应该做的事情，却总觉得远远不够！特别是面对劫难中那些乡村学校的废墟，心灵上的痛苦更是无以言表。中国，那么多青少年失去了将来，也让他们的爷爷奶奶、父亲母亲失去了将来！作为一介书生，面对此种现实，我们每时每刻都有拿起笔来写点什么的冲动，同时又深深感受到书写的苍白与无力。经过反复商议，我们三个身在四川灾区的作家，决心为灾后重建贡献一份绵薄之力，个人共捐资四十五万元，希望将此用于乡村学校的灾后重建。为了灾后乡村的孩子们能早日重新走进课堂，走进比过去条件更好更安全的学校，我们深知区区的这么一笔资金杯水车薪，其实只是表达了一种心意，而不能做得更多。我们期望有更多的朋友伸出慷慨的援手，让我们共同来使这笔资金更丰厚一些，能在即将展开的灾区重建中发挥更大的作用。我们没有力量面面俱到，但我们相信，参与乡村学校的重建是一份特殊的荣耀，更是为了民族与国家的将来！

为此，经与阿坝藏族羌族自治州教育局协商，请有意玉成此事的朋友，将所捐善款汇入教育局属下阿坝州教育基金会账户。善款汇出的同时，更要烦请朋友们将汇款凭证复印三份，同时分传给三个发起人，既作为我们监管这笔资金的根据，也用于发起人之间的相互监督。

阿坝州教育局承诺，此笔捐款将根据捐助者意愿定向投放，并对资金的使用及工程质量进行有效的监督。我们的计划是：朋友们的捐款在此账户中汇总，待政府重建方案出台后，我们有权根据所汇集的资金数量，在方案中选点，出资承建一所或多所学校。

三个发起人也同时承诺，我们的姓名除了用于此次募集行动，将不会在未来所建学校的命名等事项中出现。

而且，在发起人对一己良知充分自信的前提下，更要请求所有捐助者协助，对我们的行为及捐助资金的使用情况随时进行监督，也愿意随时吸纳朋友们对于资金监管与使用的各种意见。

另，因为我们人力有限，又无专业人员打理，为方便统计与账目明晰，只接受单笔人民币五千元以上的捐助，请予体谅。

我们虔敬地期待你的帮助！

并请预先接受我们最最深切的谢意！

此文给 C（两题）

C 的奇思

多少年来，C 一直在思寻一种东西，这东西的特点是：没有自己的诞生时日。人们告诉她，具有这般特征的东西人世间是没有的，她漫长而痛苦的寻找也让她领悟到了这点。空中、地上、地下、海底，生存着无数的生灵万物，可要从中找寻出一样她思念的东西——没有诞生时日，却令她感到那么困难。

也许要使某一做到无穷无尽，变成一种永恒和无垠——就像时间和罪恶，并不是不可想象的，所以人类也不乏这样的追寻者，比如令德国物理学家孜孜不倦的永动机，中国古人梦想的长生不老的仙丹，博尔赫斯笔下的无垠的书——《沙之书》，等等，不一而足。但要使某一做到没有起始，没有诞生时日，这似乎连想都是不可想象的。这种可怜的野心勃勃的愿望，我们也许只能在《囡书》中看到。但《囡书》，谁都知道，这是一本荒僻的书，它从来只有一本，而且只有一人能解读，而此人早已尸烂。所以，《囡书》就像一把特殊的、只配有一颗子弹的枪，当这颗子弹砰的一声穿出枪膛后，枪身也就像被子弹击毙者一样，成了一块报废的尸物。有人说，你想读懂《囡书》，这本身就是一件困难又困难的事，也许不会比创造没有起始、没有诞生时日的某一容易一点。这么说来，C的愿望确实是稀奇的：惊世骇俗，不可理喻，甚至要叫人笑掉大牙。因为，这确实太荒唐了！

坦率说，C在寻找的开初就相信，她要寻找的是一种世上没有的东西，她为此而做的努力也将永无结束之时：每一次寻找都不可能是最后一次。没有生，哪有长？这似乎只是一个鸡与蛋的问题。作为一个读过上千册书的人，C知道去找寻一只非鸡蛋而生的鸡的艰难性和荒谬性。而C之所以仍要去找寻，也许是出于强烈的个人需要，也许是对远在星辰之外的运气的一种迷信。C就像赫拉斯笔下的孤独的少年，不喜欢闹闹热热和各种机械的声音，只喜欢沉溺于豹子式的胡思乱想中（把自己隐于一隅），满足于以抽象的观念占有窗外的种种世故人情。

说来你也许不会相信，在冥冥幽思中，C常常看见天空中飞舞着纷纷运气，它们像空气一样流动、沉浮，并且和空气共同酝酿风雨和天空的各种颜色、声音、形状。而纷飞的运气中，有一部分并不像汗水、血液一样是从人体的毛孔和血管中流出，而是自遥远的星辰之外像流星一样跌落人间的，它们的特点是来无踪、去无影，中间没有可以捉摸和推敲的联结活动与改换变化：不可期望，不可争取，就像闪电，是天体的一道喷嚏；又如梦中之梦，是大脑的某种神奇。它们的效力也是神奇无比的。在清代学者陈元龙的《格致镜原》中，有两个半页码对这种运气做了某种神性的解析和论证工作。他认为，人们一旦拥获了这种运气，便可以创造类同使绵羊变为狮子或狮子变为绵羊的奇迹。有人说，伽利略正是依靠这种运气才看到了天体的真实（羊眼变成了狮眼），同时也是这种运气使他最后落得了终身监禁的结局（狮子又变得像一只绵羊一样懦弱无能）。而神秘的亚德利据说也是在这种运气的指引下，在十几年后的一个梦中获得了开启老枪密码的钥匙——它飘扬在天际之外，而且像一根银色的发丝一样细微而且蔽目。我痴爱的一位英雄作家博尔赫斯，他的神奇和博大已使我感到迷惘和内疚，然而他还在用毕生的精力追求另一种神奇，就是：他渴望获得这种远在星辰之外的运气，从而完成他梦中的事业：让一个故事演变成无穷无尽的故事，可以世代相读，而且还读不完。读过《沙之书》吗？这是走入博尔赫斯的渴望——对一本无垠之书的渴望——的最好通道，它非常短小，但我们不可能因其短小而感觉不到博尔赫斯的心跳声。

博尔赫斯的愿望让C深得鼓舞，她从这位作家的愿望中很容易就看到了自己的愿望，就像我们常常从别人的恐惧中看到自己的恐惧一样。有一天，C突然对我说：没有诞生时日的东西世上是没有的，所以你也不可能找到，但是天空中飘扬着来自星辰之外的运气。这种运气具有无穷无尽的神性和力量，它们中的任何之一都交织着人类的各种探求与渴望，你只要获得它们中的任何之一，都会在某一方面领悟一切，从而形成一个唯一的也是无限的幸福。

C多次问我：有一天，你要获得了这种运气，将拿它来创造什么？

我多次听到C这样告诉我：如果她获得了这种运气，她要用它来创造一个没有诞生时日的东西；这东西可以是无用的，渺小的，就像一条隐匿无用的虫；材料也是不讲究的，可以是水做的，或是火做的，即便是由一堆垃圾衍生的也无所谓，只要它没有诞生时间，就像天幕一样，没有人能指出它的起始边沿。

问题是，当C拥有这么神秘而神奇，甚至足以创造一个世界的运气时，为什么不想创造其他，而独独想创造这样一个虚无缥缈的东西——哪怕是一条隐匿无用的虫？

这是C生命的密码，它充满了问题和问题的问题。

C不止一次地对我喃喃自语：每个人都有自己的问题和问题的问题……

没有生日

多少年来，C一直在寻找一种没有诞生时日的某一。

多少年来，C也一直在寻找自己的生日。

不论是前者还是后者，只要找到其中之一，C的寻找就会全部结束。

但是，不论是前者还是后者，C都感觉不到它们的存在，都是一样地难以寻觅。

所以，C的寻找没有结束，虽然结束的条件是很宽容和低等的。

作为天地间一人，一具血肉之躯，C当然有自己的生日。但C的生日就像丛林中的一盘蛇或一根草的生日一样，没有人知晓，实际上也就等于没有。没有生日，心里就少了样东西。照理说，心里少掉一样东西就会变得空畅一些——这是一个物理的概念，就像加减法一样，既简单又朴素，但C的心灵深处（空间）却因为没有生日而变得更加拥挤和混乱，多少年来，她深刻地感到，正因为她的生活中少掉了生日，她心里反倒像伸入了无数只细小的手，每天都把她的心挤捏得紧紧张张，不得安宁。我忧郁地发现，C的内心世界明显要比周围的人阴郁、潮湿，好像C的心灵是生长在阴暗的地窖里，而不是阳光明媚的大地上。

这全是因为C没有生日！

没有生日，首先给C带来的麻烦是对自己身世的无尽探索和怀疑。孩童时代，C一直相信她的父亲是个患肺病的老干部，在她出生不久，这位老干部就像某个国王一样终于被病魔夺去了生命和权力，而C的母亲则是在很远很远的城市里工作，等C长大了就会回来接她进城读书、工作。天真的岁月，C几乎每一天都在等待这一天降临。由于等待，C童年的每一天都被拉长了；由于等待的痛心失望，C开始学会了怀疑和忧郁。现在，C已再也不相信那些胡说八道，不相信老干部的父亲和很远很远的母亲，C更相信另一种说法——

她母亲是古书里的狐狸精，水性杨花，肉蒲团，方屁股母马；她父亲可能是个老干部，也可能不是。因为对一匹方屁股母马的后代来说，她的父亲就像行云一样，是个不定数。我们只能说他是个男人，也许该说是个胆小的、缺德的男人，因为只有胆小和缺德的男人才会无视自己的孩子……有一天，C躺在一只木盆里，像一件破衣服一样，从河的上流漂到了下流。一个渔夫带着一种捡到一只木盆的高兴发现了C。起初渔夫有些犹豫，因为当时正是我们国家著名的困难时期（三年自然灾害），他家里可以多一只木盆（求之不得），却不能多出一张嘴。看着C那张嗷嗷待哺的小嘴，他咬咬牙，想让C继续漂流。正当这时，C精灵地哭了起来——像看见了渔夫诡秘的心思似的。

那个哭声啊——啊啊，谁也没听过这样撕心裂肺的哭声！

是啊是啊，C已经哭了一天一夜（渔夫从木盆的湿度中看出了C漂流的时间），这哭声一定充满了绝顶的哀求和恐惧。这哭声像河水一样汹涌不止，渔夫担心C是某个神灵对他良心的试探和考验——他每天生活在水上，神灵对他说是多么重要！神灵的出现使C得到了拯救，渔夫抱着C回家，一路上，他沮丧地想：这要是条鱼多好，起码有七八斤重吧……

这种说法在C的少年时期，始终像一条蛇似的盘踞在她心里。由于未成年时的渴望和怯弱，这条蛇使C感到罪恶和危险，C从不敢去碰它一下，但是岁月和阅历给了她胆识和勇气。也许还有个原因，就是这条蛇在C心里盘踞的时间久了，就像一颗毒瘤在身上长久了，你同样会渐渐地接受它，大大咧咧地触摸它一样，现在C对它——这条蛇——就是这样，早就没有了当初的畏惧心情，反倒有一种盲目的玩赏心理，经常将它掏出来，品味它神秘的花纹和颜色。多少次，C曾带着这条蛇逆流而上，寻找她可能下水的地段。她依靠一只相似的木盆、一块七八斤重的石块（C当时的体重）与漂流的时间（一天一夜），推断出C可能下水的地段是他们县城。只有县城才有老干部和像狐狸精一样漂亮的女人，这一发现似乎印证了那说法的可靠性和真实性。

从那以后，C千百次地流窜到县城，千百次地来寻找她父母。

县城的人们啊，我相信C的父母一定就在你们之中。也许你们（C的父母）早已认出了她，只是不敢认她。你们像害怕事实一样地害怕看见C，害怕承认你们早已潜伏起来的最初的本能。你们敢于偷情，却不敢承认，可恶！可恶！县城的人们啊，我知道C恨你们之中的某一个男人和某一个女人。这种恨啊，因为始终落实不到一个具体的人身上，结果使C对你们所有人都产生了恨。C为什么早早地背井离乡，而且越走越远，像一只断了线的风筝，飞啊飞，飘啊飘，最后都不知道飘去了哪里——消失了，失踪了，就是因为C深刻地恨着你们，不想再见到你们——甚至我们，甚至永远。县城的人们啊，这么多年了，我不知你们是不是还记得C。啊，不要记得她了，忘掉她吧，我知道C也在极力地忘掉你们，甚至我们。他们——那对孕育C的男女，现在好吗？也许你们现在活得很可怜，也许已过早地去世，可这与C又有什么关系呢？你们可以无视自己的女儿，她为什么不可以无视你们？说真的，C早已断绝了寻找你们的愿望，她甚至不相信她的生命与你们会有什么关系。我知道，C宁肯相信她最初是一朵蘑菇，是天地云雨滋生了她：天地相交的一刻，一次闪电的射精，C横空出世了……

是的，C已把父母之说远远地抛出了心灵之外。她的父母抛弃了她，她也抛弃了他们，这是扯平；这中间，C没什么失落，只是平添了无限的烦恼和忧苦。

但是，C可以抛弃父母，却无法抛弃生日，生日对一个人情感、生活的种种切入也许只有没有生日的人才能感觉到，就像你只有在肝脏病变时才能感觉到肝脏是身体的宝贝一样（平时你很可能感觉不到它的存在）。没有生日，就意味着你每年中没有这一天，没有这一天的欢乐或苦恼，没有这一天的期盼和回忆。而这一天在你的一生中就像某种轮回的一个结，失去了这个结，整个轮回就没有了秩序和节奏。每年每年，旁人都有树木年轮一样明显又具体的记号，通过这一记号，他们把过去与未来砌成一级一级的台阶，拾级而上，或拾级而下。然而C由于没有这记号，没有这接口，不论是过去还是未来都成了一道斜坡，岁月被敷衍地粘成了一整块，呈现出笨重和野蛮状，一种天然的节奏和力量被无端地剥夺了。

没有生日，你还会感到一种巨大的压力和孤独，因为所有的人都有自己的生日，你计算着他们的生日，参加他们的生日晚宴，倾听他们关于生日的种种回忆和期待，并不得不编造你自己的有关生日的种种美好回忆和愿望。你在生日面前其实什么也没有，所有的一切都是虚假的，骗人的，所以你厌倦。更要命的是，C在生日面前没有立锥之地，却又不得不随时插一足——今天是她，明天是他，后天是他们。就这样，年复一年，年复一年，每一次插足，C都感到厌倦和孤独。而每一次插足又永远不是最后一次，所以这厌倦和孤独是漫长的。当然也是巨大的，因为没有人知道C没有生日，只有她自己知道，这厌倦和孤独只有她自己一个人承担，没有人会同情地帮她分担一点。不但没人分担，而且——因为无人知晓，没有人会有意地做点什么，比如回避啊，迎合啊，投巧啊……不，人们从不这样，人们常常以自己的经验和愿望友好地把C拉入幸福的生日派对，让她举起痛苦的双手，高声合唱："Happy birthday to you! Happy birthday to you !"

就这样，任何一次都可能重复一次！

对一个身体残疾者，他的亲朋好友和所有善良的人都会谨慎地回避他的痛处。然而C之痛处却是越亲密善良的人越会捅它，这就是巨大，就是恐怖。我知道，C宁愿用一只手（哪怕是右手）换取一个生日，那时她是残疾人，同时也将得到一个残疾人应有的照顾和同情。可现在不，现在C身上丢掉了也许比一只手更应有的东西，却得不到一点照顾和同情。我觉得，C为此遭受的痛苦和孤独也许只有一个秘密的同性恋者才能真切感受到：她的痛苦和孤独就像一个同性恋者一样秘密、深刻、巨大。

没有生日还常常让C有种盲目的疚愧感，一种永不休止的错误和欺骗，就像影子一般终生跟随着她。每一个在水上作业的人都是神灵的忠实信徒，因为他们的生活充满了死亡的阴影。他们相信每次从水上安安泰泰回来都是由于神灵佑护，而要神灵佑护是有条件的，就是要正直、诚实，要做有道德的人，不能做缺德事。C在渔夫（让C喊一声：爸爸！）身边生活了十七年，C没有继承他优良的水性，但对神灵的迷信，我认为他们达到了同等高度。C从来没有玩刀弄枪的喜好，那是因为C怕玩刀弄枪伤着了无形的神灵——神灵的概念在C的血液里哗哗流淌着。渔夫不但把C养育成人，而且还把她养育成了一个有神灵心灵和崇尚德行修炼的人。为此，C非常感激他。C经常对我说，就像身体的心脏，德行是我们精神的心脏：一个德行差的人，干什么事情都会感到困难、局促、力不从心，失败的手就像毛发一般附于他身上，无法驱除。C还说，一个人的德行和才能往往是平衡的，就像人的两只眼睛，它们的内部神经是丝丝相连、互为呼应的。所以，你双目之亮度、力度一般都是对称的、相应的。也有独眼龙，但他们总使人感到怪异、邪恶、恐惧——不论是精神的独眼龙还是肉体的独眼龙——我认为，这样的人很少，但再也不能增多了，一个也太多了！

哦，C对德行如此看重，却常常在生日问题上成为自己的异教徒。每次每次，当你漫不经心地问起C的生日时，她总是犹豫一下，然后正经八百地告诉你一个日子。C知道这是假的，但你不会怀疑，厌倦和压力就在这儿！如果你问C其他事，比如你问她有过几个男朋友，她说只有一个，虽然这可能是假话，但C没有压力，因为即使C不骗你也免不了你的怀疑。这似乎是游戏，心灵在此虚实难分，虚假也失去了应有的羞愧。但当C告诉你生日时，C感到的全是羞愧，因为C欺骗的是一颗完全真诚、无忌的心——你怎么可能怀疑她欺骗了你？你的无忌无疑的信任使C羞愧难当！于是，告诉你生日成了C一次自伤的过程，羞愧的经历。这种感觉一次可以忽略，两次可以忘记，但像C这样经常都可能面临一次，这将对C的心灵造成多大压力和伤害。我们知道，C孤独的内心充满了神灵，她谨慎地依照着自己对神灵的理解和敬重规范着自己的全部言行，但没有生日就像她一条剪不断的尾巴。她费了老大劲终于将身子挣脱上岸，尾巴却依然在水中，而且越拖越长——

这是一条水做的尾巴，它永远上不了岸！

没有生日使C的宗教信仰也遭到了基础的动摇和玷污，C有种功亏一篑的惨败感。

问题还不在这里，问题在于：既然你不论怎么修炼，怎么无辜，一种盲目的愧疚感将始终横陈于你心中，你又何必做种种努力？这种想法、感受，容易使人自艾自怨，放弃修身，堕落下去。而这种想法又像细菌一样时刻潜伏于C的身上、心里。在这里，没有生日又成了纵容C堕落的化学剂。不不不，C没有堕落。但谁知道，由于没有生日，C堕落的次数、程度要比原本增添了多少？

我不知道，但我认为肯定是增添了。

我还知道，没有生日给 C 的心灵深处增添了无穷的混乱和伤痛，还有紧张。我们可以想象，C 的心灵从来没有放松过，自然过，就像一张疤痕累累的脸——C 的灵魂深处有一块由于没有生日而烙下的巨大的疤痕！

哦哦，没有生日其实等于没有一颗自然的、安静的心。哦哦，因为没有生日，C 把父母、故乡、朋友这些人人都应有的东西都丢失了。哦哦，一个连生日都没有的人，她还可能拥有什么呢？

补记：

C，全名的拼音缩写是 CGK，一九八〇年考入洛阳解放军外国语学院英美系，一九八四年毕业分配至福建某情报部门工作，任战情翻译。一九八五年与我建立恋爱关系，历时一年零一月。一九八六年五月二十四日，C 赴法国公干，失踪。对她的失踪有种种说法，其中之一是说她逃跑了，叛国了。如果确凿如此，我有理由怀疑她与我恋爱不过是为逃跑做的精心准备，因为当时我们单位有规定，单身者是不能出国公干的。我们没有结婚，但热恋是公开的，鉴此，领导方批准她赴法公干，以为我是她的锚。我到底扮演了她的什么角色，我至今不晓。她到底是不是真的叛国了，我也是至今不得而知。我认为，有些人的内心是永远无法猜度的。

1996 年 5 月下旬初稿

2008 年 3 月 5 日修改、补记

去寻找你的“亲人”

我大部分“工作时间”像只病猫一样蜷在床上，或沙发上，不是读书，就是发呆。其中小部分时间是在胡乱翻看，什么书刊都翻，只要身边有的；然后大部分时间是在读少数的几位作家的作品，卡夫卡，加缪，海明威，福克纳，博尔赫斯，纳博科夫，黑塞，鲁迅等。他们是在我乱翻中一眼钟情，结下盟约，至今不弃不离的。由于反复读，加上有些作品短小，易记，也许还要加上我受过一定特别训练的记忆力，这些作家的作品总有几篇我可以背下来。二十年前，我甚至可以连场背诵五十首博尔赫斯的诗——现在想来，那真是我荣光的记忆。

不管你记忆力好坏与否，作为一个写作者（首先是阅读者），随着年岁的递增，你脑海里会列出一排长长的书目，那些经典名著是很容易上榜的，即使只是偶尔翻过，甚至没看过。这就是名著的魅力，正如那些名川大山，那些凸现在史海里的著名人、事，你无须去亲眼睃巡，他们会自动钻入你的记忆库，排队等着你去光顾、领受。有一段时间，我的时间都消耗在拜读浩繁的经典名著上，就像一个胸怀天下的武林新手，浪迹天涯，为的是结识各路英雄好汉。

想着还有那么多山头没有拜过，我不敢轻易出手——不用说，我是胆小的。换句话说，我因为胆小而有幸认识了不少英雄——仿佛我认识他们就是为了壮胆。

但是，有趣的事出现了。也许是因为我的胆量被我结识的英雄们壮大了，也许是我品行上有过河拆桥的陋德，慢慢地，我开始连续地抛弃我曾经膜拜的英雄们，巴尔扎克，左拉，纪德，托马斯·曼，略萨，罗伯-格里耶（几乎包括所有的新小说），乔伊斯（几乎包括所有的意识流），约瑟夫·海勒（几乎包括所有的黑色幽默），等等，等等吧。他们中有一部分（或人，或书），我犹豫又大胆地认为，其实并不了得，不过是浪得虚名，不过是“小人得志”——人类由于自身的局限，经常犯下鱼目混珠的错误。忘记了是谁——也许是圣奥古斯丁——曾这样说过：经典作品并不是一部必须具备某种优点的作品，而是世世代代的人出于不同的理由，以先期的热情和神秘的忠诚阅读并传存的“幸运者”。因为幸运名扬天下，流芳百世，对后人来说或许就是不幸。

这是一部分。

还有一部分，我一方面相信他们是了不起的，他们写出了他们的伟大，另一方面我总觉得他们跟我无关，形同陌路，温暖不了我，无法给我输氧传力，无法让我燃烧起来。与此同时，别有一些作家，如卡夫卡、加缪等（如前所述），他们的作品如同貌美楚楚的女子一样吸引着我，诱惑着我，让我神魂颠倒，神经衰弱，同样的脑筋在他们面前似乎也变得灵异起来，智慧起来，风生水起，见风如雨，过目不忘，念念不忘。我就这样并不费尽心机地记牢了他们笔下的人物、故事、句式、语录，包括他们本人的生平、长相、趣闻，等等。我对他们的兴趣和敏感，正如兄弟一般，亲人一样，道法自然，无须苛求。二十多年前，我家里养了一条看家狗，鼻头尖尖，暗示着它嗅觉灵敏，兽性凶猛。那段时间任何外人走进我家，它都会灵敏地发出警告，忠诚地狂吠不已。有一天我突然回家，穿着一身绿色军装，我母亲都没有一下认出我来，然而这条忠诚的狗却对我欢喜地摇尾摆首，发出呜呜的亲昵声，没有厉叫一声。它以一种近乎神奇的方式认出了我的身份——或许是我身上的气味即使在外漂泊多年仍然与母亲相似吧。我想这是够神奇的。而我对某些作家、某些作品的亲近和联通的方式，似乎并不亚于我家的这条狗与我。

文学固然有神秘的一面。

这也使我想到了，浩繁的经典名著不是像太阳光一样，可以照耀每一个写作者。巴尔扎克们对我也许是毒药，纳博科夫对你也许是陷阱，汗牛充栋的大部分经典对我们来说都可能是毒药或者陷阱，能够照耀我们、温暖我们的也许只有少数几个人、几本书，他（它）们是我们在文学家族里的亲人。当我这样想时，我不再被那么多的经典名著困惑，不再到处拜山头。我告诉自己：停留在你的“亲人”身边吧，反复聆听他们，就会听到吉祥而美妙的天籁之音。

人头攒动，市声喧哗，世相是如此闹热繁华，然而人依旧孤独。因为亲爱文学，我们宿命地变得更加孤独。文学是一项孤独的事业。文学以宣扬人道、活泼灵魂为己任，但对创作者本人提出了非人道、反人性的要求：只有走窄门，只有沉浸在黑暗和孤独中，才能到达彼岸。文学的大树只生长在孤独的心底里。这份孤独，父母、兄弟、姐妹、好友，所有爱你的人，都无力驱散。这是一份属于灵的孤独，根子扎在更大的孤独上。

哦，你是如此孤独，所以你更要用心去找到你的“亲人”做伴相随，让他们用与你相似的孤独来温暖你，活泼你，照耀你，点燃你。正如你总有父母亲人一样，任何作家都有各自的“亲人”，不同的是，他们不像你的父母亲人一样与生俱来，他们淹没在“茫茫人海”中，需要我们用心、用孤独、用时间、用运气去寻找。运气属于敏灵和执着的人。因为孤独，文学其实就是一份最需要敏灵和执着的事业。

俗世里的精神坚守

历史上，小说的地位不高，是“三言二拍”，是“弄堂里的故事”，是“‘引车卖浆者流’所用的话”。出身卑微，是因为它“从俗世中来”。确实，小说是通过描写人的俗世生活，家长里短，爱恨情仇，男欢女爱，炎凉世态，等等，来展现人类活着的状态，以及复杂的精神世界的。这注定小说家要具备一颗世俗的心，对俗世生活保有常人鲜有的敏感和热情。只有这样，才能写好生活中那些世俗的人，琐细的事，乃至微妙的情。所以，小说固然要从“小处”着眼，要说小事，要从“生活源头”下手，从一个人的一颦一笑、一举一动、所思所想、喜怒哀乐、嬉笑怒骂这样日常的生活起头。

好的小说家，从来不是抽象地写一种生活，而是要照着熟悉生活的每一个细节：器物，风景，习俗，人情冷暖，气候变迁，道路的样子，食物的味道，说话的口气，衣冠的穿戴，等等，去编织生活。生活是有形的，有一个“壳”。小说家若不能编制一个坚固的俗世生活的外壳，人物的心灵就没有容器来盛装，读者也无从得知人物内心是怎样成长的，情感是怎么演变的，挫折或苦痛是怎么拷打人的。生活有形，人心（灵魂）无形，只有用“有形”去装“无形”，“无形”才会变得“有形”，才能看得见、摸得着、握得住。否则人心（灵魂）随风而去，遁入空门，小说也就没了价值。比如一只破罐，非但盛不了东西，而且是不美的，只能当垃圾丢掉。

所以，小说家必须要做两件事：一是要造好日常生活的“壳”，这就要求把小说写得生机勃勃，有滋有味，像模像样，每一个表情都有出处，每一个细节都落到实处；二是要在“壳”里炼制好灵魂生活的“芯子”。壳是外生活，心是内生活。有壳无心，是蜡像，不是活人；有心无壳，是哲学，不是文学。壳结不结实，好不好看，是手艺活，关乎美学。所以，也有人说，哲学是父亲，美学是母亲，他们的孩子是文学。

一定意义上说，小说家都是生活的专家。按沈从文先生的说法，专家就是有常识的人。小说家不能对生活犯常识错误，那样壳破了，读者就会不认同你，甚至嘲笑你。比如前不久，我看一篇小说，讲到二战时期中途岛上“腾起一架喷气式飞机”，我心里在笑，那时候喷气式飞机尚在研发中，怎么飞得上天？那时候飞机都是螺旋桨的。这就犯了常识错误。这种错误像饭碗里的一只苍蝇，会让你对整碗饭都不信任，倒胃口。前些年电视上冒出一堆抗日电视剧，被观众嘲讽为“雷剧”。为什么？因为常识性的错误太多，把八路军搞得那么神勇，把日本兵弄得那么软蛋，完全不符合历史真实。我们经常说“真善美”，失去了“真”，一切都无从谈起。“真”是建立在常识基础上的。常识是知识，也是人情世故，伦理道德，天地良心，等等。

生活无处不在，人人有份，但也并不是什么样的生活都可以用来写小说。毕竟，小说从俗世中来，目的是要“到灵魂里去”。进入小说中的生活，必须经过作家的选择、过滤和重新组织。作家不能沉溺于生活中的某种个人趣味而不能自拔。趣味也要有“常识”，要筛选，要经得起灵魂拷问。有一段时间，文学界流行写小事，写私情，写欲望，写细碎的生活，写心灵的乱象，一些作家甚至津津乐道于此。生活固然有颓败、黑暗的一面，但小说家不能直接展示这些颓败、黑暗，因为人的生存不止于这些表面的乱象和败象，其背后有复杂的心灵挣扎和精神冲突。小说终归不能满足于表达外生活，而是要深入内生活，要追问，要挖拓人精神的深度、广度，要敞开人灵魂的纵深感，让人看到生活的希望和亮光，获得一种能站立起来的精神，而不是趴下，在怨毒和呻吟中沉沦。

这就是说，尽管作家的世俗心任何时候都必须是活跃的，只有这样他们才能保持对生活的敏感、深入、认知，不抗拒生活对他们的呼唤，怀有一种饱满的创作热情；但另一方面，作家对庸俗的趣味、赤裸的欲望，对人类内心黑暗的经验以及那种令人下坠的力量，也要保持应有的警惕和立场。好的作家，永远不可能放弃他的批判性，作为人的良知，作为世道人心的捍卫和坚守，作为作家的尊严和责任。作家的心中必须有一方净土，无论生活如何喧嚣，无论作品写得如何花红柳绿，他都要努力守护好这块净土。美国作家雷蒙德·卡佛说：“文学能让我们意识到自己的匮乏，还有生活中那些已经削弱我们并正在让我们气喘吁吁的东西。”他说出了文学的一个方面。对我来说更重要的是，小说要探索人精神匮乏背后的真相、悲哀之中的仁慈、乱象之中的坚定，以及冷漠人群中隐藏的那颗温暖的心，从而让我们活得更沉着，更勇敢。

毋庸置疑，时代变了，文学正在离我们远去。但我以为，在一个文学已经越来越无力的年代，作家更要有所放弃，有所坚持，有所捍卫。文学不是欲望的加油站，相反，它应是欲望的制动器，是加速度的反速度。文学核心的价值是要展现出人类心灵的高度，以及活着、活好的勇气。它拒绝在俗世里沉溺，拒绝心灵被遮蔽，拒绝人心变坏、世道变黑。小说作为文学家庭里的重要一员，理应对人世保持批判的姿态，对人心发问，校正灵魂，清理污浊，最终目的是为了创造一个“真善美”的理想世界，并发现一种值得我们为之折腰，甚至为之牺牲的精神向度。只有这样的创造和发现，小说才有价值，才有生命力，才会有读者把它一代代传承下去。

2014 年 5 月 27 日发言

2014 年 8 月 31 日整理成稿

文学的创新[①]

创新，是跟文学一样古老又现代的话题。这个话题很大，看上去简单，实际上深奥，像一道地平线，我肯定无法“解密”它——我准备“暗算”它。我要说的不过是在困惑中的一些思考，目的是抛砖引玉。

我首先“抛”出的是我儿子。

我儿子今年十岁。前年夏天，他想学骑单车，我觉得太早，没同意。但他母亲悄悄地违抗了我，等我知道时已经没有指责的权利了，因为他已经学会了。第一次看儿子骑着自行车在偌大的操场上转来转去，我心里还是有些激动。但短暂的激动后，更多的是紧张，我发现儿子骑车的速度非常之快——实际时速可能在十公里左右，但我的心理时速已经超过了一百公里，急得我一边追着一边大喊大叫：慢！儿子，骑慢一点！但儿子还是骑得飞快。他慢不下来，一慢下来就摔倒了。这似乎很难理解，但事实就是这样，慢比快还要难，还要花功夫，还要有技术。骑车是这样，写作可能也是一样。

① 此文是在第三届全国青年作家创作会议上的发言。

然而，慢不是当今的时尚。这个时代崇尚速度和更快的速度，坐船去纽约或许会成为你发神经的证据，男人和女人见面就上床也没什么大惊小怪的。我至今还在用一部一九九八年买的诺基亚手机，这成了一件比什么都叫人新奇的事情，人见人说。为此，我受够了各种夸奖和嘲笑——这些夸奖和嘲笑，都是因为我失去了速度。速度，挑战更快的速度。速度，满足于更快的速度。速度，一群聪明人送出的礼物，一头风做的怪物，一条上去了下不来的贼船。毫无疑问，在今天，你想拥有一部手机比没有一部手机还要容易，你想拥有一部新手机也比保留一部老手机容易。这就是一个追求速度的时代的魅力，也是问题，速度在裹挟着我们往前冲，我们慢不下来，慢下来就是逆流而行，需要我们付出双倍的气力和努力。

众所周知，新时期以来，文学创新的速度是够快的。有句话一度很响亮：创新像一条疯狗，追得我们满街乱跑。奔跑中，我们留下了速度，却使文学丢失了许多可贵的品质，比如真实，比如美，比如善；同时也让有些作家失去了一个写作者应有的心态，比如耐心，比如坚守，比如安静。前不久，我看到云南的一位我敬佩的作家在报纸上说，他的写作不过那种加盐的写作，是在最基础的层面上进行思考、写作。这也让我想起去年我读到的一部长篇小说，作者如今已经身居要位，指名道姓出来也许有媚俗之嫌。鉴于此，请许可我用 X、Y 替代。X 写了一篇叫《Y》的小说，我认为那是一部超常“慢”的小说，慢慢地开始，慢慢地推进，慢慢地结束。它放弃了速度，把一段历史，一个地方，一门家族，一些新老事情，事的是是非非，情的恩恩爱爱、悲悲楚楚，都摆放在午后的茶桌上，以一种午后阳光移动的速度慢慢写来，娓娓道来，前因后果，起承转合，曲里拐弯，里应外合，尽量将变迁的人和事、情和理、形和状、意和义、苍茫的外部和深邃的内部，说透说圆，圆得没有了线条和角度，透得像在玻璃的另一边。我曾经想用两个晚上把它读完，但二十天后它还没有撤离我的床头。这是所有慢小说的特点，阅读成了一种考验。当然，如果没有诱惑，也就没有了考验。换言之，一方面是它的“慢”在考验我，同时也在诱惑我，它身上有太多的肌肉和重量，它行动迟缓而笨拙，却是柔软的，温暖的。这也是文学应有的感觉，一种让人舒缓、慵懒的感觉，一种让人身体慢下来又化开来的感觉。

客观地说，这小说的写法非常老套，具有深郁的中国特色，谋篇布局，风格味道，大有中国古代言情小说的精髓。让我惊讶的是小说给我的第一感觉却不是这样，不是“返古”，而是“创新”：一种崭新的姿态，一种久违的陌生感。这使我不禁想到：创新也许不是一味地标新立异，有时候也许是“守旧”，是回归，是后退。《Y》这篇小说所以让我感到“新”，就在于它所传递出来的精神气息，和这个时代的很多写作都不尽相同。它用它的笨拙，守护了我们生活中即将消失的旧和慢——这对一个正在以加速度前进的时代而言，其实就是一种创新。所谓的创新，也包含着对旧的事物的重新理解，正如所谓的先锋，也常常意味着一种精神的后退一样。由此，我甚至觉得，真正的创新，有时恰恰应是一种创旧。也就是说，你要敢于在一个日日新的时代里，做一个旧的人；敢于在一个以加速度前进的时代里，做一个慢的人。我常常问自己：当时代变动得令人眼花缭乱的时候，我是否还有勇气继续做一个不动的人，一个以不变应万变的人？当快成了多数人的写作速度，我是否还有耐心使文学本身慢的品质不致失传？当别人前进的时候，我是否愿意独自后退？当大家都被推到喧嚣的中心时，我是否还能安于一个角落继续寂寞、孤独地写作？

因此，文学的创新绝不是为了尽可能多地分享公共的经验，而是要在公共经验的丛林里，找到一块属于我自己的地方，以及一个属于我自己的观察世界的角度和深度；文学的创新也不是为了承认、赞美已有的文学现实，而是要在已有的现实之中，敞开一种新的写作可能性。文学创新的最终目标，就是要我们学习如何在人群中成为那个面目清晰、风格鲜明的“个人”。这，我们大家可能都知道，我煞有介事地说它不是为了炫耀，只是为了和大家一起重温、共勉。

2007 年 11 月 15 日

我用大脑写作[①]

我不知道在座的各位此刻在想什么，也不知道明天的天气会如何，是晴到多云，还是雨过天晴？这个世界是神秘的，很多事情我们不知道，很多事情我们知道后又被弄得不知道了。所以，我现在干脆什么都不想知道，只想一言蔽之——这世界是神秘的。

我得这个奖，我认为是替这个神秘的世界又加增了神秘的内容。我是说，我和这个奖之间没有必然的联系和关系，我几乎想都没有想过。说真的，四十岁前我渴望得奖，庄重文奖，冯牧奖，鲁奖，茅奖，省内的奖，省外的奖，我都暗自念想过。但是现在，从四年前起，我改变了自己，我不再念想那些奖。为了安慰自己，我非常刻意地记住了一位文学大师的话。这位大师说：得奖总的来说是满足虚荣心的，既然是满足虚荣心，那么不得也罢了。但奇怪的是——也可以说神秘的是，从那以后我断断续续得了一些奖。为了体现我的成长和成熟，我不允许自己在奖状面前喜乐，我套用大师的话对

① 拙作《风声》获第六届华语文学传媒大奖·2007年度小说家奖，此文是获奖感言。

自己说：那不过是满足了虚荣心，虚荣心总的来说是要克服的。我尽量保持平常心，把因为得奖而可能异动的心熨得服服帖帖。

但是此刻——或者确切地说，从得知有此刻的那一刻起，一种喜悦按捺不住地浮沉在我心间，像花香之于花开一样。这有两种可能：一，我四年来对自己的改变是假的，起码是不彻底的；二，是这个奖已有的荣光击垮了我，就像我以前部队的一位首长，他在一只装满百元大钞的坤包前弩张剑拔，虎虎生威，但一天晚上当这只坤包换成一只麻袋时，他变得谈笑风生起来，轻浅的笑容，期许的目光，称兄道弟的平易近人。这是他垮掉的形象，我一点也不欣赏。鉴于此，我不知道得这个奖是我的幸，还是正好相反。

我得奖是因为《风声》，这是一部我用大脑写出来的小说。我一直简单地认为，小说有三种写法：一种是用头发写，一种是用心，还有一种是用脑。用头发写的人叫天才，写出来的东西叫天赋之作。天才是从石头缝里蹦出来的，是从冬瓜藤上结出的西瓜，横空出世，无法无天，可遇不可求—— 一般说来要几十年乃至上百年才能一遇。所以，这没什么好说的，也没人能说得清。可以说一说的是，用心写还是用脑写？这是个问题，而且我们有选择权。

我知道，要想留下传世之作必须用心写，我们平时谈论的那些经典名著大多是用心或者是用心又用脑写成的，光用脑子是无论如何写不出这些传世巨作的。但用心写经常会出现两个极端：好的很好，差的很差，而且差的比例极高。那是因为大部分作家的心和大部分人差不多，荣辱要惊，爱恨要乱，欲望沉重，贪生怕死。相对之下，用脑写可以保证小说的基本质量，因为脑力或者说智力是有参数的，一个愚钝的人总是不大容易掌握事物的本质，分辨纵横捭阖的世相。我很希望自己能够用心来写作，同时我的智力又告诉我，这可能不是一个用心写作的年代。用心写作，必须具备一颗非凡伟大的心，能够博大精深地去感受人类和大地的体温、伤痛、脉动，然后才可能留下名篇佳作。但这个年代用李敖的话说：形势大好，人心大坏。我不相信我的心在这个潮汐一般的市声以无以复加的速度和力度，汹涌地遮蔽心灵的年代里能够出淤泥而不染，独秀于林。当我看到周围人的欲望和黑暗被无限地打开，喧嚣得连天上的云层都变厚了，地下的水不能喝了，身边的空气污浊了时，我更加怀疑自己的心早已蒙羞结垢，因为无论如何我不可能比大自然更了不得。统而言之，我不信任我的心，所以我选择用大脑来写。

用脑写，通俗地说是把小说当作一门手艺活来做。一九四四年，博尔赫斯通过给一本小说集命名的方式宣称：小说是手工艺品。这让不少小说家们心惊胆战，一时间遭到各路豪杰的无情抨击。是啊，感天动地的小说——心灵艺术——怎么可能是手工艺品呢？事实上，我敢肯定，博尔赫斯自己也不会这么认为的，他所以这么说只是一种态度，是对小说家们日渐疏离技艺的一种质疑，一种不满，一种嘲笑，一种呼唤。说到底，把小说说成手工艺品，是对小说的一种退到底线的说法，是对小说家注定应该遵守的纪律的强调。我们应该承认，我们的小说已经变得越来越平庸、弱智，缺乏教养，我们很在乎写作速度，却不在乎笔下人物的长相、口音、身份，更不要说人事变迁的逻辑道德和心理坐标了。我记得李敬泽曾讽刺我们小说家都是地铁司机，只管一路狂奔，把人拉到目的地了事。他认为小说家应该是三轮车夫，一路骑来，叮当作响，吆五喝六，客主迎风而坐，左右四顾，风土人情，世态俗相，可见可闻，可感可知。

我用脑写，就是想当一个三轮车夫，把各条路线和客主的需求研究透，然后尽可能以一种服人的实证精神，给客主留下一段真实的记忆。把假的说成真的，这是我们小说家的基本功，也是我们想让小说可能承载其他意涵的物质基础。如果这个“基础”是假的，破的，你往里面装最救命的东西最终都是要漏掉了的，更何况今天的看客似乎并不需要救赎，起码是不愿意被蛮横地救赎。我认为，我们不少小说对读者的态度是有些粗暴和蛮横的。

最后，我还是要说，这个世界是神秘的——因为喧嚣和混乱而变得更加神秘，我什么也不知道，虽然说了这么多。

谢谢大家！

2008 年 4 月 13 日

小说的“责任”

我一直不相信我们的小说有什么理由要求人们注目，那是歌星或者其他什么星的事，不是我们小说家的。我坚持认为小说创作是一件纯个人的事，就像我们的爱情一样，是隐秘的，深刻的，是想象的，也是欲望的，当中藏着我们生命中珍贵的自我、瞬间，以及它们的改换变化和联结活动。“我想说一说我此刻细腻的思绪”，“我想暂时离开一下现实”。我总是这样或者那样开始写作每一篇小说，安静和温暖的灯光是我写每一个字的客观需要。你在大白天或在一片城市的潮汐声中会亲昵地去抚摸一个你用心珍爱的女人吗？那时候被你抚摸的女人很可能只是你的玩物。因为玩物时刻都可能随人而走，随风而去，所以你要抓紧时间占有、占有、彻底占用——啊，多快活啊——就像一只狗在快活。

我也给写作的自己赋予责任，但不是通常的。我不信奉哥尔多尼的语录：现代艺术要求笑，要求诙谐的滋润。我也不相信“寓教于乐”的现实性和崇高感。我觉得一个作家最重要的职责是要关注自己的心灵，要和自己的心灵时刻团结在一起。看书，从书本上获得些许生活经历或细节然后写作，这不是我尊重的写作习惯。为了写个什么，披星戴月地去哪里生活一年半载，这种写作精神令我钦佩，不过也仅此而已。有一天，我接到一个陌生男人的电话，他在电话里跟我号啕大哭一场后发现找错了人，没说一声什么就把电话挂了。几天后，我开始写《陈华南笔记本》，那个未名男人的哭声一直陪伴着我的写作，以致我没办法给陈华南一丝笑容。我就是这样写小说的，在想象和愿望中写作。

除了要和心灵团结外，我觉得一个作家还应该和自己写作的语言握紧手。这不是无聊。语言是最具欺骗性的东西，但千万不要欺骗了作家本人。有人说，语言就像钞票一样，在流通过程中已被人使用得又脏又旧。这既是一种事实，又是一种告诫，是希望：人们在希望发行一种新币！如果一篇小说里拣不出一两句带点儿特点的句子，我就觉得这篇小说是臭烘烘的、要打倒的。这是我的固执和蛮横，但是……怎么说呢？我相信一个作家关注自己写作的语言，就是关注自己的命运。换句话说就是：我们应该像关注自己的命运一样关注自己写作的语言。我经常想，为什么不能有这样一种语言：它是简单的，简单中又蕴含着质的硬朗和美的韵律，就同人类的形体一样。我以为，人类之于语言的感觉应如流水之于石头一样，随着岁月的流逝而越来越光滑、精练、硬朗、生机勃勃。这就是说，我们的语言不应该像钞票一样，而是应该跟武器一样，像一杆枪！

不过，我不得不承认，我的这些愿望和四周的现实放在一起，好像是将耶和华和撒旦放在了一起，我感到非常难堪的同时，也倍感孤独、恐慌。

1997 年 5 月 5 日

小说短篇

我已经基本告别短篇小说，不是因为挣不到钱。我早就不为钱写作，只为名。写短篇小说很难挣名，却容易败名。我好不容易挣了名，不想被短篇小说败掉。败在短篇小说上很吃亏的，人家会说，连短篇都不会写。

其实，短篇小说很难写，不少大作家都写不好，巴尔扎克、托尔斯泰的短篇，《人民文学》不一定会发头条。

我以为，写短篇小说，是走 T 型台，雪亮的聚光灯下，铁着面孔，挺着胸，收着腹，迈着猫步，甩着胳膊，迎着数十管“长枪短炮”和几十支闪光灯，一脚是一脚，一手是一手，一腰是一腰，款款来，妖媚去。所有眼珠子都撑着、盯着，且近在咫尺，目光炽热，视线角度无可挑剔地全方位。你（男模）两孔鼻毛没修理，（女模）蕾丝三角裤没穿正，都逃不出群众的法眼。一套套行头精准地比着你身体裁剪，与其说是遮身，不如说是亮眼：不是敞胸露怀，就是欲盖弥彰。

我有一友，男性，高智商，情商更是高不可攀。三十岁发迹，超有钱，却没文化，精神生活几近空白，业余时间全心全意扑在欢场上。经年累月，乐此不疲，愈战愈勇，属于阳亢的那种“男神”！如今，年不过半百，睡过的女人过千。他对我说，怪了，看T型台走秀比看黄片还那个……烧下半身！

其实不怪，黄片是下流故事矣，暴露，粗鄙，恶俗，不美，脏乱差；T型台上走秀是短篇小说，短小，快速，以小博大，以少胜多，必须简练，精致，锋利，如匕首——既是利器，又是宝物。匕首都是精美的，因为短小，必须精悍；因为要常把玩，必须酷毙。

正如匕首不是大器，派不上大用场，模特很少成大名，因为他们的表演舞台小，时间短，速度快，走马灯似的，上去，下来，脚板底没走热，设计师像母鸡领一窝小鸡呼啦啦上台，谢幕了。因为一部长篇小说名垂青史者，古今中外，不胜枚举；因为一篇短篇小说成名成家，只有在中国的上世纪八十年代。

曾思过，若将友人与上千女人欢娱之事逐一记下来，或许可以当长篇小说看，文字好些，加些美食风俗，不是《金瓶梅》，也是“金瓶桃”。但单拎一个女人写，不一定是短篇小说，除非他撞大运或倒大霉遇到个狐狸精，匪夷所思，创世记。有一天，友人提着一箱钱，在偌大的欢场里寻不到一个女人睡，这才是短篇——因为这也是匪夷所思，创世记。

生活往往不是这样，但短篇小说就是这样，不是写生活，而是开创生活，创世记；不是拾级而上，顺流而上，而是暗度陈仓；不是大部队压上去，而是剑走偏锋，出奇制胜；不是跟一千个女人睡，而是为了赢一颗女人芳心让一千个女人哭。打个蹩脚的比方，生活犹如一堆草药，带着山涧的露水，附着泥土气；短篇小说是一粒药片，匪夷所思的疗效，好像是上帝赐的，其实是那堆草药炼制的。

2014 年 8 月 29 日匆匆

与季亚娅对话

这是我迄今为止做的最充分的一次谈话。这要感谢《芙蓉》杂志社的编辑季亚娅，她顶着酷暑和北京奥运会的诱惑，专程从长沙赶到成都。不止于此，更令我感动的是，她居然把我二十年间发表的每一篇小说都找到看了：有些东西我自己都找不到了。也正因此，我对这次谈话表现出了异于常态的热情和活跃，我在这位北大学子的陪同和鼓励下，几乎把我的写作之路又重走了一遍。这谈不上是一次愉快的历程，却是有意义的：我回顾了自己，也看见自己在他人眼中的形象。季亚娅借此专门做了一篇文章：《麦家之"密"——自不可言说处聆听》，刊发于《芙蓉》二〇〇八年第五期。这里摘录的是我们的"谈话部分"。由于季亚娅对这次谈话做了精心准备，我们的对话更像一场战斗一样，有清晰的思路和目的。

采访手记

似乎是第一次，中国的读者、观众、专家，共同发现了一个作家：我们泡在书店里看《解密》、《暗算》、《风声》；我们守在电视机旁等候阿炳、黄依依、钱之江（电视剧《暗算》的人物），受不了两集连播的进度就直奔盗版碟市场；而从《解密》起始，中国长篇小说排行榜第一名（2002 年）、中华文学人物（2003 年）、国家图书奖（2003 年）、上海电视节最佳编剧（2007 年）、华语传媒文学大奖年度小说家（2007 年）、风尚中国榜年度作家（2007 年）、茅盾文学奖（2008 年）……一个个专业团体，一次次褒奖，专家们默契地把荣誉赠予同一人，他就是麦家。

麦家，已成为这个世纪初文学与文化的一个关键词。

那么，我们为什么喜欢麦家？这个时代为什么选择麦家？如果说，麦家的创作或者“麦家热”已经成为一种独特的文化现象，这种现象究竟为当代文学提供了怎样的独特经验与可能？进而言之，当代文学因这种可能是否有新的出路？在这种独特性之外，他的创作是否有着不为人注意的丰富性？这种丰富性之间又有着何种一以贯之的内在逻辑？

这是一开始我最关心的那些问题。然而，阅读的感受摧毁了它们：麦家开启的是一种疯狂的写作，是心灵最细微的舞蹈，是极境之中战栗尖叫的智慧。文本本身如精心设置的密码，亦如巨大的黑洞，吸引我逼近作者如上帝般神秘强大的心灵，我承认在某种程度上受到了惊吓。我意识到，麦家的作品体现出的思辨和智性的独特气质，可能比他的热闹甚至有些讨巧的题材设置更为重要。我甚至觉得，“密码”或者“特情”只是评论界误贴的标签，它们仅仅是指麦家从题材上拓宽了当代文学的领域，却忽略了他在逻辑思辨方面的探索已经抵达了文学本身的边界。如同山野沉思的野狐精，麦家诡谲独特的小说路子常使评论家陷入无法言说的尴尬。然而，正是这种无法言说吸引我深长思之，我试图把它称为“麦家之密”。

阿尔都塞有一个非常有趣的阅读理论，叫作“征候式阅读”，它试图从文本体现出的某种征候读出文本表层所没有的深层的思想主旨。我想采取这样的方式进入麦家的世界，找出其作品的某种特质和它们的内在联系。当然，前提是对麦家所有作品的互文性阅读。如果说我有阐释或者“解密”的企图，那把“密钥”一定来自文本，来自文本的裂隙、空白与沉默之处。同时，这种阅读方式还可延伸到文本之外，因为“麦家热”对于当代文学与文化本身就是一个有趣的“征候”。我最终的野心在于，追问这种征候与大众文化、传播机制的关系，以及我们这个年代的文学最终去往何处。

成都之行最终使我的这些宏大的问题散落成一地的细节，一些与作品和经验有关联的细节。对于它们，我只能说，聆听比阐释更重要。感谢麦家，他的机锋妙语，比这些经院式的问题有趣得多。他说，作家是个体户，写作是个体力活；又说，我是个偏执狂，这个世界只有偏执才能生存。

这话乍一听让人有些困惑。很久以来，我们习惯了这样去面对世界：我们都是唐·璜，我们有机动灵活的战略战术，我们要以最小的代价博取最大的胜利，我们丢弃，遗忘，我们是如此“年轻”，以至没有什么能把我们留在一个地方。因此，麦家才显得偏执？这不仅是指他把一个故事讲了十多年，更重要的是，他有一种坚定的世界观，他的目光贯注于一个角度上，从不游移。

初见之下，只觉麦家颇为谦谦，纳闷如此平和从容之人为何常有尖新之思，又为何有不断和自己作品较劲的执拗和气力。在白夜，在一些记不起名字的地方，我们的谈话没法躲开奥运观赛的声浪，对于一位习惯沉思的敏感的写作者，这真是一场迫害。但是麦家这样谈到他的另一次身体的迫害——一次玩双杠跌落造成的腰椎受伤，离终生瘫痪只差一步之遥，现在也不能久坐。然而他说：要真是瘫痪就好了，就可以专心写作，就像普鲁斯特那样写，足不出户，心无旁骛。

这真是，不要命了。

1.“解密”麦家之写什么：小人物和英雄梦

季亚娅（以下简称季）：对于“写什么”，我关心两个层面的问题：一个是复调的麦家和有着鲜明特色、被贴上“特情”标签的麦家如何统一，另一个是题材选择之后牵涉到的文学现状问题。我将沿着这两个方向来提问。自《解密》之后，你因“密码”或“特情”而知名，你的小说被称为“新智力小说”、“特情小说”、“密室小说”。对一个写作者来说，因鲜明的风格和特色被人记住是幸运，但也有着潜在的危险，那就是，可能会忽略掉一个更为丰富的麦家，一个复调的麦家。因此我首先试图追溯你的文学之旅。你的作品可以拆解为三个板块，第一是创作之初的《私人笔记本》、《寻找先生》等。它们类似“成长小说”，描写少年的迷惘、梦想、寻找，面对成人世界的隔绝与刺痛。这些小说我把它们理解成一个寓言，一个进入你心灵世界的入口。第二类可称之为“小人物”系列，这其中很多篇以军旅为背景，比如“阿今”系列，写一名叫阿今的年轻军官面对军营的疏离与恐惧感，诸如《四面楚歌》、《谁来阻挡》、《出了毛病》、《第二种败》等。另外一些也是以军营为背景，如《农村兵马三》、《两位富阳姑娘》、《五月的鲜花开遍原野》、《从军记》，虽然主人公不叫阿今，但他们和前者有着一以贯之的精神气质，即普通人的卑微、梦想、挣扎和困境。军队背景以外的则有《一生世》、《飞机》等。我个人觉得这是你的小说中最有生活质感的一批。最后一类则是我们熟知的以“密码”或“特情”为切口的小说。你是否同意这种划分?

麦家（以下简称麦）：我很感动，你几乎把我的所有作品都读了。我突然觉得这次谈话是我期待的。这很重要，因为我总的说不是善于谈的人。善谈不是我的常态，但我也有善谈的机锋，只是需要等待和挖掘。它在我的表面之下，寻常之外，有暗道，要引导。我觉得现在好像已经站在了暗道口子上了，把我引过来的是你刚才对我作品的梳理，反映出你对这次谈话的重视，和你对我作品的热情。我倒不是个肤浅的人，一见你夸我的作品就轻飘飘的。我的东西到底有几两重，有几根骨头，我心里基本上是明白的。感动我的是你为这次谈话做的精心准备。老实说，我不认为这是一次重要的谈话，我跟陌生人的文学谈话经常是徒有虚名，走走过场而已。一方面是我的局限，不善于与陌生人交流；另一方面，现在能认真谈文学的人太少了。但你刚才一席话让我感到“熟悉”，有亲近感，好像认识已久。不用说，是文学接通并拉拢了我们。还有一点，就是：你认真的态度出乎我的想象和期待，包括你对我作品的划分，也体现出一种细致、认真。其实，我对自己作品的划分比你要简单，就是两部分：一部分就是《解密》、《暗算》这个系列，所谓的“特情”部分。这部分也是大家比较熟悉的部分。另一个部分就是刚才你说的“小人物”系列，你把它们又进一步区分，分成军旅和非军旅题材。这是一种更细的区分，我觉得不无道理，我接受，并赞赏。

季：那么先来谈谈这个系列吧。这个系列的小说不像你的第一系列，品质相对都比较统一、整齐。我认为这批小说质量不稳定，有好的，也有一般的，你自己比较满意的是哪些？

麦：这对我来说是一批沉默的东西，不谈它可能更明智。一定要谈，我觉得像《飞机》、《一生世》、《两位富阳姑娘》、《四面楚歌》，是比较成熟的。

季：我也有同感。我纳闷的是，这两个"系列"完全风马牛不相及，甚至是对立的：一个在天上，关乎的尽是一些天才的人性、故事；一个在地下，说的都是一些平民琐事。它们怎么会出自你一人之手？

麦：写作就是谈情说爱。你可能只爱一种人，也可能爱两种完全不同的人，我大概就是后一种人吧。当然，这有点嬉戏，不是正面回答问题。其实你说它们对立，我是不大认同的，我认为它们本质上，暗地里，是统一的，都是在诉述一个主题：琐碎的日常生活对人的摧残，哪怕是天才也难逃这个巨大的、隐蔽的陷阱。说到底，我笔下的那些天才、英雄最终都毁灭于"日常"。日常就像时间一样遮天蔽日，天衣无缝，无坚不摧，无所不包，包括人世间最深渊的罪恶和最永恒的杀伤力，正如水滴石穿，其实是一种残忍。

季：有人说，日常治你，是无为而治，天网恢恢，疏而不漏。

麦：是这样的。所以，你无路可逃，哪怕你是独占鳌头的天才、英雄，是孙悟空，一个跟斗能翻十万八千里，也逃不出如来的掌心。

季：那么，可不可以把你这类作品纳入现在时兴的底层写作的范畴？

麦：有这种说法，但我不喜欢"底层写作"这个词，因为这个词现在有一些意识形态的诉求在里面。我的写作是反意识形态的，我只是带着一种同情的目光，让这些人成为我的小说关注的对象。所谓“底层写作”，到现在为止更多的还是一种观念倡导，而真正独立的文学创作是反观念、反教化的，它重视活生生的人和事，不是主义，不是潮流。请问，我们整天都在喊“底层文学”，迄今为止它有什么代表作品？没有，这就是问题。

季：我注意到，《四面楚歌》是你这批作品中创作时间最早的，写于一九八八年，但二〇〇四年您有一次重写。为什么要重写？这是我对它第一个关心的问题。此外，一九八八年正是新写实小说流行的年代，这篇小说亦是与《单位》类似的题材，描写初到机关的年轻人的疏离和陌生感，我想知道，你当时是否受到新写实小说的影响？在我看来，这是一篇颇有深度的作品，它非常出彩的地方是抓住了一个“怕”的主题，即在一种文化传统内的人与人关系的相互制约以及这种文化对人的规训，即你在文中提到的“谁要是当真不怕什么，别人就一定会想尽法子改造他，转化他，叫他害怕”。这是对现代人的现实处境相当独特的发现，也是一个非常现代的命题。能否就此谈谈？

麦：那是我的第一篇中篇小说，在此之前，我只发表了一个短篇。这是我的第二篇小说，发表在《昆仑》杂志上，有一些影响，后来还得了一个奖，也就是它把我送进了解放军艺术学院。也可以说，是这篇小说把我牢固地钉在了文学上。写那个作品时我还在部队，写的就是部队机关的生活形态。转眼二十年过去了，我却发现它的内容不仅没有落伍，反而和现在的生活更贴近，甚至可以说越来越贴近。这就勾起了我重写这个作品的热情，后来小说被转载时我应约写了个创作谈，叫作《老歌翻唱》。为什么要老歌翻唱？就是因为我发现二十年前我想说的话到今天来说更合适。你刚才说到“怕”的主题，由于现在诚信的缺失，这种人与人之间的互相害怕，比二十年前更明显，更切实。我记得在创作谈里最后一句话是这样说的：“有人反驳我，说现在是个民主社会，谁都不怕谁了。对此，我只能说我欣赏你的胆量和肤浅。”确实，我们现在的政治环境比以前是宽松多了，但是具体到个别，到生活的具体环境中，人与人之间互相不信任、互相为敌的现象是越发普遍了。如果你留心一下，你会发现这样的细节：二十年前坐飞机或火车，你帮人家提个包，人家会感谢你，现在你要帮人提包，只会吃个白眼。有一次我出门散步，看到一个人殴打一个农民，鼻血都打出来了。我走过去问打人的怎么回事，他愤愤地说，这人刚刚在他店里吃了一碗面，没付钱就跑了。这碗面是三块钱。我说你不要打，我给你。但我一摸发现身上没带钱。我就和他说，你相信我，我会给你五块钱，你让他走，我晚上来给你。他不信，扭着我不放，幸亏我带了手机，打电话让朋友过来付给他了事。

季：人与人之间为什么会出现这种不信任的状态？

麦：这种不信任说白了就是人性恶的一面被打开了。从前，我们个人是没有权利，没有声音的，我们的欲望也是没地位的。那时候我们都很穷，生活不过是为了生计，我们只剩下一个生的权利。但现在的人，欲望被打开后，满足欲望成了他的权利。但人的欲望是无法满足的，越满足欲望越大。欲望大了，膨胀了，加上现在社会竞争激烈，他难免要偷鸡摸狗，不走正道，不择手段地走，义无反顾地走。世风就是这么日积月累地败坏，一日不如一日，人与人之间互相倾轧，互相暗算，并且不以为耻，反以为荣。这个时候，他人就是地狱，陌生人就是敌人，因为彼此不信任啊，害怕啊。同时，面对自己的利益、欲望，现在的人深信这是他的权利，他活着就是来得到他想要的东西。他觉得应该得到，失去是他的耻辱。他不知道，或者说不在乎，人和人之间除了这种得失关系之外，还有一种互相信任和体谅这样一种道义道德上的需求。

季：你觉得文学可以改变这种状况吗？

麦：文学没有这么高的功能，但是文学有一个基本的功能，是软化人心。可惜现在的人不爱看文学作品，这是个问题，需要我们来解决。我个人认为，读者越来越不爱小说，责任该让我们作家来承担，是我们的小说太无趣，太生硬，也太粗糙，太没有教养，连最基本层面的东西——真实性——都不能做到。举个例子，现在电视上在播反映汶川地震的电视剧《震撼世界的七日》，本来这是一个非常能软化人心的素材，因为它很真实。可是你看电视剧，怎么看都是假的，结果本来已经被这场灾难深深震撼的人，看了电视剧反而后悔了，破坏了他原来的感觉。这就很糟糕了。文艺作品本来是要把“假的”变成“真的”，你现在反而把真的变成了假的。关键这不是个别现象，而是通病。真实感的缺失是我们的小说失去读者的头号毛病。其次是趣味太寡淡，老是重大的主题、深刻的思想什么的。深刻，重大，思想，都没有错，但首先要记住，我们写的是小说，不是红头文件、教育材料。我不相信一个人读小说是带着“我要在作品中得到人性滋养”这种愿望去读的，更多的时候他就是为了猎奇，要满足好奇心，要消遣，要打发无聊。然后在消遣的过程中，他才进入另一个过程，被震撼，被温暖，被软化什么的。我们不是常说，寓教于乐吗？所有艺术都有一定层面的游戏功能，人们亲近艺术可能正因它有这功能。所以，我经常对自己说，你应该要有文学理想，但首先要尊重读者，读者不理你，什么都无从谈起。文学的功能也好，价值也罢，最后都是要通过读者来实现的，不是一个孤立的文本，一个直接的道理。

季：在这些作品中有一个反复出现的词："乡下人"。"乡下人"对你而言意味着什么？是你小说中一种外来者的观察视角，抑或是对最卑微、最底层、最弱势群体的心灵与人生的关注，或者你是用"乡下人"来对全体中国人的精神状态做一种隐喻？沈从文自称"乡下人"，他笔下的"乡下人"和你理解之中的"乡下人"有什么不同之处？

麦：一个人的身份是无法改变的。像我这样一个人，这么多年来在城市里生活，但作为乡下人的身份和视角（在某种意义上是一种出身），是无法改变和客观存在的。既然是存在的，在作品当中有时候就会不自觉地流露。但是我和城市的冲突其实并不是很大，真正应该有冲突的那些年我主要待在军营里面。军营是个独立的世界，既不是城市也不是乡下，但是军营里有两派：一派是来自土地的，乡间的；一派是来自大院的，城市的。大院的那一拨是军营的主导角色，来自土地的那一拨是配角，或者说是一个被压抑的层面。所以"阿今"系列里的主人公总是一个悲剧人物，是一个生活非常猥琐，心想事不成的角色。我特别了解他们在军队中扮演的角色，我觉得这一群人来军队都带着一个巨大的目的，不是接受锻炼，而是寻找机会，寻找割裂那片土地的机会。因为带着这样一个很现实的目的，他们在军营里相对来说就活得特别压抑，因为他们有很实际的需要，为了达到这个目的，他们不惜做出种种努力甚至各种牺牲。相反，大院里的人到部队里来就像回家，自有一种主人的自由和特权，体现出来就是一种优越感。这也更加比对、映衬出了“乡下人”的形象。其实，我用“乡下人”这词并无多少寓意，就是拣了个现成的词而已。

季：看来在作品中寻找什么意义和隐喻是一种“病”。你的“乡下人”与其说是一种文化隐喻，还不如说是对等级和次序的敏感，是对于弱小者处境的了解与同情。

麦：陀思妥耶夫斯基说过，爱思考也是一种病。不过，是不是误读没关系，误读也是一种读法。一部作品被误读的概率，我认为远大于被正确解读。

季：这一批作品中我个人觉得最好的是《飞机》和《一生世》。你非常了解卑微生活状态下人们最细小琐屑的要求，但要求越小反而越迫切，又因为这种迫切被放大加重，最终导致悲剧性的毁灭结局。《一生世》中的山村孤老头子惦记和牵挂着当年落难的女子，这种牵挂其实与期待、利益、回报无关，牵挂某人某事只是证明自己活着或者存在的理由，是暗淡人生中的一抹鲜亮，有了它，活着就有点盼头。一个只能以陌生人为牵挂的人，一定是孤单的人。《两位富阳姑娘》，“军装”这种身份竟然要以生命、以鲜花般的青春年华为代价来换取。以生命为代价的还有一张涉及保密内容的纸片。《飞机》讲述了一个保密科长包括房子、小孩上学、妻子工作的琐碎而又幸福的人生如何因一架遗失的纸飞机而毁灭，儿子则因为误用父亲的文件纸叠飞机的小错付出了生命的代价。你前面说软化人心，这些细节就能进入我们心灵的最细微敏感处。

这三篇小说都发表于二〇〇三年，可称为当年中篇小说中的精品——我强调“二〇〇三”这个年份是因为你的标志性作品《解密》发表于二〇〇二年，《解密》之后，“麦家”二字在大众心中已经定格在“密码”或“智力小说”这个范围。它们对于读者的意义还不仅是发现“解密”之外的另一个麦家，而且提醒我们，作为一个优秀作家应该具有非同凡俗的感知和发现能力以及从最细微处进入人心的能力。这种能力，在当下尤其珍贵，因为我们有那么多面目类似、感受相同的千篇一律的小说。

麦：都是夸我呢，我还有什么好说的？

季：那现在我们来说第二个系列，与“密码”或“特情”相关的系列，包括在出版市场获得重大成功的长篇小说《解密》、《暗算》、《风声》，还有它们的同源中短篇《紫密黑密》、《陈华南笔记本》、《密码》、《让蒙面人说话》等。很多评论者认为你的这类创作填补了当代文学题材上的空白。请谈谈你最初题材选择的来源以及兴趣转移背后的契机。

麦：这可能是我命运的一部分。关注“密码”或“特情”，与我在部队的经历有关系，回想起这个经历，确实像命运的安排。我高考时并不知道我报考的总参×部的××学校，是一所专业培养情报官的学校。当时很多人都报考浙江大学、杭州大学，在家门口读书多好，我恰恰相反，想离开家乡。因为我家里当时政治地位十分低下，父亲是“右派”，外公是地主，爷爷是个基督徒，头上压着三顶大黑帽子，抬不起头，就想走得远远的。如果能上军校，那就是更好的选择，一箭双雕，既可以告别家乡，又可以改变家里的政治地位。我就这样上了那所军校，毕业后正常地去了军队一个情报部门工作。不久我发表了一篇小说，上级领导觉得我是个人才，把我调到机关去了。如果我不那么早走，让我在那儿待个十年八年，这群人对我来说已经很熟悉，我可能就不会写他们了，因为了解了，满足了。但实际上我待了不到一年，见习还没结束就走了，这么短的时间我根本来不及了解这群人。作为一个保密单位，在见习期未满前，我只能跟师傅进出一个办公室，隔壁办公室都不能去。所以，当我离开这群人时，他们对我来说依然是神秘陌生的，我不知道他们在干什么，前身是什么，后来又怎么了。正因为不了解，所以我才老是在想他们，忘不了。这好比你去河里抓鱼，一条鱼被你抓住了，带回吃了，你可能很快会把它忘掉，可如果抓到了，又从你指缝间逃走了，这条鱼可能会老是在你记忆中，而且你会把它想象得特别大。我和这个单位就是这么一种关系：它在我手中，但转眼不在了。所以，这条鱼、这个单位、这群人一直生活在我的想象中。一个东西老在你的念记中，有一天去写它就不足为怪。

我忘不了他们，还有个原因就是：我离开这个单位后的二十年，是整个社会不停地变化的二十年，原有的伦理道德不停地被抛弃。而这群人，由于工作的特殊性，他们生活得特别封闭、单纯，他们的伦理道德体系没有被蒙垢纳污，他们心怀崇高，为信念而活，格外地值得我珍惜。某种程度上说，随着世风日下，我越来越怀念那群人，我希望我就像他们那么简单，为了哪怕是一个错误的信念单纯而努力地活着。我写他们其实是在怀念他们，在用一种虚拟的方式跟他们交流。

季：写作有时就是这样，是画饼充饥，是胡思乱想，是怀念，是寻找满足。我说明一下，之所以关心题材问题，是因为有的时候，不写什么甚至比写什么更重要。题材问题绝不仅仅是题材本身，而是牵涉到作家对于生活和当下创作现状的价值判断以及有了这种判断之后的主动选择。比如，就你创作中的英雄主义倾向而言，从关注小人物生活转到描写解密工作的天才、特情小说中的英雄，是否意味着你对卑微人生处境的否定，以及试图在更高远的精神世界中寻找你的价值归宿与精神寄托？比如你的小说中经常写到的“英雄之殇”，所有的英雄都莫名其妙地死于一些微不足道的理由，一些生活的报复与打击，这是否体现了你对世俗生活的某种程度的抗拒和排斥？

麦：接着刚才的话题讲。从前（五十至七十年代）我们的写作始终缺乏个人化的内容，都是围绕“宏大叙事”，问国家在说什么，问这个时代在说什么，结果是塑造了一大批“假大空”、“高大全”的英雄。进一步的结果是，作家和读者都厌倦这种作品，当有一天我们有权另行选择时，肯定要选择另外一条路走。现在我们这条路就是：写我自己。这种完全个人化的写作，二十年前是不允许的。这种写作对反抗“宏大叙事”来说有非常革命性的意义，但是这种革命性现在某种程度上被消解了。中国文学也好，中国影视也好，总有一窝蜂的毛病，反对“宏大叙事”时，大家全都这样做，这就错了。回头来看这将近二十年的作品，大家都在写个人，写黑暗，写绝望，写人生的阴暗面，写私欲的无限膨胀。换言之，我们从一个极端走到了另一个极端。以前的写法肯定有问题，那时我们全为国家写作品，只有国家意志，没有个人的形象，但当我们把这些东西全部切掉，来到另一个极端时，其实又错了。

季：刚才你说上世纪五十至七十年代写英雄都“假大空”、“高大全”、不可信，我觉得这里有一个有意思的问题，即我们常说到的艺术与道德的问题，也即，怎样让英雄之美有说服力？我觉得你的作品是有说服力的，也是现在这些作品做得比从前好的一个地方。你让这些英雄保持了他的崇高，但他崇高的逻辑很真实，让大家很能接受。比如你的作品中的一些细节，很好地呈现了英雄异于常人又同于常人的复杂性。《密码》中描写的地下英雄李宁育，为洗脱自己的嫌疑与辱骂他是亡国奴的肥原对打，高声呼叫“我是一条狗，我是一条狗，让我去死吧……”，这反而给《密码》游戏般的叙事提供了一种情感上的真实，使我们可以进入这些英雄的心灵，相比传统的类似题材中的那种“高大全”的英雄，更有感染力和可信度。

麦：是有这样一个问题。对于这一点，我首先把自己当成读者。我的生活非常单调，每天就是在家里，除了写作，我靠阅读填满我的生活。很多作家很傲慢地说，我不看活着的人的作品，我不看同代人的作品。我可以告诉你，我是看的。很多杂志都在给我寄刊物，很多朋友也都在给我寄，寄来了我就翻，阅读后就会引起我思考。我发现这么多年来，或者说这二十多年来我读了那么多作品，没有哪部作品里的某个人物可以和我一块成长，能温暖我，打动我。我们看到的多数是阴沟里的东西，丑的，臭的，恶的，黑的，没有站立起来的人生和人性。我前面说了，世风确实变坏了，我也觉得生活有很多阴暗面，表面上繁荣，实际上危机四伏，形势大好的局面下，人心大坏。我对这个时代从骨子里不适应，它让我活得非常累。我甚至可以说，因为我非常敏感，我对人性的恶看得不会比别人少。但这并不意味着我必须要写这种东西，恶狠狠地写。当我四方一看，大家基本上都在这样写时，我坚信我必须另辟蹊径，不能跟风了。

这一方面是写作技术上的策略，不要人云亦云，要有个性；另一方面，我相信文学的价值最终不是揭露，而是激励，是温暖人心。人都是孤独的，软弱的，需要偶像，需要精神伴侣。我的童年几乎是没书读的年代，就是那样我们还有精神伴侣，我们有欧阳海、黄继光等一大批正面的英雄在陪伴我们成长。虽然这些偶像事后看不乏虚假，但这是另外一个问题。或者说，真和假是一个问题。有和无又是一个问题，我觉得现在的问题是“无”的问题。你找来作品看，发现都是无病呻吟或者有病呻吟的一群人，都在唉声叹气，都在骂这个时代，骂这个社会，什么都骂，都在否定。我觉得这肯定有问题。你想寻求安慰和力量时找不到，哪怕是虚假的都没有。事实上，你要驱散黑暗，引入光明，可能有更好的效果，一味地展示，黑暗会更黑暗。这就是我站在一个读者的角度想到的问题。

当我站在一个作者的角度的时候，我又有另外一番感受：尼采早就说过，我们每个人都有英雄主义的情结。希特勒、日本的军国主义为什么会一呼百应？文明都已经发展到二十世纪，为什么还会有希特勒、山本五十六这种杀人狂？其实这就是人的一种劣根性：人都想当英雄，人都想超越自己，人都崇拜英雄。当我这么思考的时候，发现英雄主义是连通作家和读者的一条比较短的暗道。某种意义上，我写英雄，很容易抵达你的内心，因为你心里有英雄情结。然后我想，现在大家都不写英雄，我来写吧。这些年我的成功其实比较得益于这一点，大家都抛弃英雄时我还在拥抱英雄。但我还是不断地告诫自己，你千万不能塑造一个二十年前、三十年前那样的英雄，你笔下的英雄首先是真实的，动人的，不是机器人，而是有血肉的，有缺陷的，他们心怀理想，理想造就了他们，又损害了他们——这是体制决定的。所以我笔下的英雄都是悲剧性的，不完美，不成功，没有一个笑到最后的，曾经的掌声和鲜花最后都变成了眼泪。

季：这就是你的“英雄之殇”?

麦：中国文化从来是人怕出名猪怕壮，风吹墙头草。在中国文化的土壤里，英雄是最不好过的，英雄的下场总是不佳。加上很多英雄是被制造出来的，他们本来是普通的人，当他们变成英雄的时候，他们当然不知道怎么活了。所以，我认为这些年我们身边缺少健康的英雄，完善的英雄，于是我在塑造他们时总把他们搞得惨兮兮的。这可能是我的问题，也可能不是。

季：很多评论者提到这类小说有国家话语的向度，你自己也曾经说过“这个领域的很多人对我充满感激和敬意”。我觉得你的作品中涉及国家话语主要是两个方面：一面是个人生活或者人性与国家制度的冲突，如黄依依的爱情与制度的冲突，容金珍的人生与职业选择的不自由；另一面则更多地强调国家高于个人的合理性。你的表述与传统革命小说对国家主义的表述有什么差异和偏离？你怎样看待这其中政治与文学的结盟?

麦：中国文学从来都是文史不分的，文学里的意识形态的分量非常重。这是我们的文学一直不成熟的重要原因。中国文学没有完全从意识形态中独立出来，中国文学至今没有独立的人格。就我个人而言，我不愿意自己的写作与意识形态有过多的联系，但是坦率地说，我的“解密”、“暗算”系列确实无法从意识形态中独立出来。因为我塑造了一群英雄，这群英雄的悲也好喜也罢，都和国家利益紧紧相连。从某种意义上，我为了反映这些英雄的悲剧性，就把他们放在中国政治的土壤里。

季：你的意思是国家主义在你的小说中是造成英雄悲剧性的原因？可是联系到当下文化环境，你的作品特别是改编后的电视剧更多地被评论界认为是对国家主义的肯定。其实政治并不仅仅指你的内容牵涉到国家主义，而是你的内容和这个时代主流意识形态的某种吻合关系，比如国家主义和英雄主义在这两年是流行的元素。

麦：是的，最近三年来，从影视剧上来看，英雄主义的东西很火。这是一种信号，说明读者已经厌倦了整天卿卿我我的作品，或是蝇营狗苟、一地鸡毛的作品，出现了审美疲劳。但国家主义的东西容易流于媚俗，这是文学大忌。所以，我在写这些东西时是很小心的，不希望流出媚俗来。事实也是如此，我虽然用了国家主义这个平台，但并没有通过这个平台把英雄举得更高，甚至从一定意义上来说，我想用这个平台来折射出中国英雄的悲剧性。归根结底，我还是写人，写人因国家机器而改变的命运，这个人作为英雄在国家这个大舞台上被承认了，但作为个体最终却难逃悲剧命运。如果说有什么可以把前面说的“解密”、“暗算”系列和“阿今”系列这两类小说联系在一起，那就是制度毁灭人性。《飞机》、《两位富阳姑娘》、《解密》都是。《解密》刚发表的时候，人家怀疑我写的是×××。其实×××也好，容金珍也好，他们的命运轨迹实际是一样的，他们本来非常有可能做一个为世界做出巨大贡献的科学家，但是由于国家安全的需要，他们的命运发生了改变。我坚信他们最终是个悲剧角色。说来说去，我还是带着一种惋惜的心情在塑造他们。我认为，一方面国家成就了他们，但另一方面又毁了他们。正是这一点，我的作品和原来的国家主义的作品有了区别。原来的国家主义作品更多是强调国家对于个人无可置疑的合法性和正当性，但我的作品对这一点提出了质疑和反思。

季：这可以引出下一个问题：写故事还是写人物？你对小说的“故事性”非常重视，这也是你小说好看和吸引人的原因。可是，当现实生活本身比故事更离奇更丰富时，小说的出路在哪里？尽管你一直在强调小说的故事性，但你的小说中让人印象最深刻的还是阿炳、容金珍这些天才形象。这一类人物形象以及他们的心灵世界是当代文学史上从未有过的，这是你对文学史的独特贡献。请谈谈对二者的理解。

麦：二者是不能割裂的。当然现在一般认为人物更重要，但小说的人物是通过故事、通过情节来体现的，也就是说，在小说中当你要塑造一个人物时，你不能通过一个政治鉴定的判语把一个人物形象固定下来，它最终还是要通过故事、细节来体现。如果你脱离了故事，这个人物就很难塑造。

季：这个问题的背后其实牵涉到故事作为一种语汇在当代文学中的正当性，因为有很长时间当代文学看不起讲故事。这看起来是一个很基本的问题，可是我关心的是这个问题和它所提出的语境的关系。当一个作家说出“我很关心故事”时，他这句话一定联系着某种具体的语境，是他的某种文学观念的意识形态化，一定基于他对现实的某种判断。那么，你为什么关注故事？

麦：这其实是我在认真考虑的话题，我是有话可说的。中国的古代小说，三言二拍，传记小说，笔记小说，故事的核非常大。说到底，中国的小说就源于传奇，故事性自然很强。但这个重故事的传统经历了两次巨大的挑战，一个是“五四”新时期文学，西方小说观念的引入；另一个对我们来说很切实，就是八十年代现代派的兴起。现代派在当时起了一个什么作用？就是发现国外有很多小说不是以讲故事为目的的，故事在小说里的分量很小，比如说法国的新小说、英国的意识流。我前面说中国文学没有一个独立的人格就体现在这些方面——反对“宏大叙事”时大家都反了，非此即彼，一窝蜂。对故事这个问题也是如此，传统小说确实故事的含量比较大，但由于现代派的兴盛，发现国外小说在鄙视故事，我们跟着也鄙视起来了。这是八十年代末文学界很大的一个潮流，大家瞧不起故事，认为你写故事就不“文学”，甚至以写故事为耻，形成了这么一种风气。现在回头去看那个时代，的确有很多的先锋派小说都不讲故事。但它们留下来了吗？包括法国新小说，现在谁去读啊？小说，归根结底是不能抛开故事的。马尔克斯的自传标题就叫《活着就是为了讲故事》。就像你刚才说的，小说必须塑造人物，可人物和故事是什么关系？故事就是人物的各个器官，人物要通过故事来完成，没有故事，这个人物就等于没有身体。小说中的人物形象其实是从故事里生长出来的。在小说中塑造人物，不是我仅仅对他进行描写，身高多少肤色如何吃什么东西等等，人物形象是通过事件来体现的，传达的。比方我今天和你初次见面，不同的人会有不同的表现。如果给我们一点时间，会发生一些事情。在这些事情里面，我的表现和反应其实是反映我性格的。比如我们在大街上遇到一个流氓，我的反应：第一，劝你算了，惹不起躲得起，这是一个故事；还有就是拔刀相助，这就完全是另一个故事。两个故事体现的是两个不同的人物。

总之，我们应当理直气壮地讲故事，应该充分相信故事在小说中的地位。某种意义上说就是你讲不好故事也就塑造不好人物。文学史上经典的小说都是有好故事的。当然，文学肯定存在着不同的流派，你一成不变地讲故事，读者会审美疲劳，这时有人出来唱唱反调，可能会博得一定彩头。但是变来变去，万变不离其宗，还是要回到讲故事的老路上来。我发现，抛弃故事的小说，只能作为文学符号或者流派留下来，而不能成为文学经典留下来。今天我们要研究文学思潮时，肯定不会漏掉法国的新小说、英国的意识流等流派，但作为一个单纯的读者要去读小说时，他不会找那些小说来读的，他还是会倾向于选择托尔斯泰、陀思妥耶夫斯基等人的作品。这不是作家的名头在召唤他们，而是作家留下的故事和依托故事展现的一种丰富的人生、人性在召唤他们。

2. “暗算”麦家之怎么写：重写、难度和技术

季：对同一内容的重写是你创作中一个引人注意的现象，甚至可以看成进入你的文学世界非常重要的入口。你谈到小说《解密》的创作时曾说，这是一部写了十年的小说，最早构思于一九九一年，你从解放军艺术学院毕业的前夕；到一九九四年，你从六万字的草稿中整理出了一个两万字的短篇，取名《紫密黑密》发表；一九九七年又从十一万字草稿中整出了一篇四万字的中篇《陈华南笔记本》发表，直至二〇〇二年在鲁迅文学院高级研修班期间才抛出《解密》。李敬泽曾就此著文说你是个偏执狂。重写可以谈的问题很多，比如文本的对比阅读，几个文本不同的侧重处理以及这种差异之后所涉及的你的文学观念的变化；又比如重写所涉及的个人的写作个性；再有重写在这个时代写作大环境中构成的隐喻意义等。能否就

此谈谈？

麦：重写确实是我写作的一个特征。我几乎所有的重要作品都是重写出来的，《风声》之前有个中篇《密码》，《密码》之前还有一个电视剧《地下的天空》。《解密》更不要说了，它经历了从短篇到中篇再到长篇的过程。《暗算》是先写了三个独立的中篇，然后才针对性地补了两个穿针引线的故事，发展成长篇。我这么做，要简单地理解，可以一言蔽之：江郎才尽。找不到东西写了。其实不是这样。我重写也许是反映了我的一种性格。我从小生活在政治地位特别低的家庭里，养成了一种很自卑的性格。这种自卑体现在我生活的方方面面，与人打交道也好，写作也好，我总担心事情做不好。既然做不好，开始时我做小一点，先截一个片段写写看，写好了，我再来放大它。这是个笨办法，要有笨功夫，要有足够的耐心和韧劲。我自认为我是比较坚韧的。一个从小自卑的人往往有两种归宿：一是彻底被压垮了；另外一种是他挺过来了，活出来了，活出来的人肯定特别坚韧。我应该属于后者，辛酸的少年给了我足够沉静和坚持的能力，好像一块铁被反复打造过，相对来说肯定会坚硬一些。只有我自己知道，用十年时间写《解密》，这多么考验人的意志和耐心。感谢生活磨炼了我，让我经受住了考验。

季：重写与当下文学现状的对应关系呢？是否可以说，这是一个“快的文学”、“速度的文学”的时代？我记得在作协的一个会议发言里，你把这种重写称之为“慢”的艺术。我这样理解，慢是文学中那些笨拙、诚实与坚韧的品质。一遍遍的重写本身就是一种姿态与隐喻，一种关于文学理想的寓言。请结合这些谈谈。

麦：我知道你说的是哪个发言，那里面确实有我一些慎重的思考，如果需要我可以给你全文发表，这里不多说了。你把我的重写现象提到这么正面的高度，让我不敢当。我痴迷重写除了刚才说的性格原因外，其实也有我主观上的追求。我经常说，写，是作家的一种本能，至于写什么有很大的偶然性，就像谈恋爱，要找到你合适的“那一个”偶然性更大。作家选择写什么和你找什么对象有很大的相似性，在没有找到“那一个”之前，你并不知道“那一个”是谁，当真正属于你另一半的“那一个”出现时，你是会有感应的。这是个悖论，也是我们生活的重要组成部分，我们一生中经常会遇到类似的困境。运气好的人可能第一次就找到了“那一个”：天定的另一半，而大多数人没有这么幸运，他们“结合”带来的就是痛苦，其中聪明又勇敢的人就“离”了，更多的人在“将就”，在得过且过。我愿意重写，某种意义上说是因为我找到了“那一半”，重写就意味着我忘不掉，丢不下。这也说明它是和我精神气质相接近的一个领域，我在这上面勤劳一点也许会有大收获。作家最终能留下来的也就是一两本书，一两个故事，你首先要去寻找，找到了后一定要花工夫写透它，不要随便转移“战场”。我经常说，一个人兴奋点不能太多，有局限才有无限。这么说，我重写确实也有有意为之的努力。

季：就是说，重写在某种意义上也像是一次寻找，对一个故事最佳表达方式的寻找？

麦：可以这么说。我一直在研究小说，我们不难发现，九十年代以来人们的文学趣味变得越来越平庸、粗陋，读者和作家都一样，爱上了速度和数量，冷落了文学应有的精美和缓慢笨拙的气质。你知道，《解密》的前身是中篇《陈华南笔记本》，顾名思义，写中篇时我采用的是笔记本的形式，有许多内心独白和情绪性的文字。为什么写《解密》时会采取访谈实录的方式？是因为今天的读者不大愿意接受艺术的探索，对过于细腻的东西不爱去咀嚼。现在的读者是衣来伸手饭来张口，喜欢真实和速度，没有那么多心思去欣赏你的文本的细微精妙，所以我采取访谈实录的形式，看上去真实嘛，读起来也快啊。

季：但有的作家会选择不做改变？有人会说不能迎合读者的口味，而应当坚持自己的美学准则？

麦：他们不但会这样坚持下去，而且还会有非常堂皇的说法：我的作品只写给我自己看，或者我的作品是写给百年后的读者看的。我觉得作家要真诚，这种话其实体现了不真诚。说得难听点，这是一种说出来鬼才相信的话。民间经常在说，小孩在出生的一百天之内是可以看见鬼的，但这话没法证实：第一，一百天之内他不会说话，他看得到也无法传达；第二，多年之后他会说话了，但是一百天之内他毫无记忆。面对这种话，你无法反驳，却让我更加鄙视，因为言者有些耍无赖。我认为，作家在写作的时候是个性化的动物，他需要孤独，需要思考，需要体力，需要个性，但写完后一定需要读者。一个作品写完了放在抽屉里，这个作品在某种意义上它还没完成。一个作品真正完成是指你写完了，读者看完了，好和坏有个读者的意见。这是读者和作者之间无法逾越的关系。你写东西的目的是要给读者看，我们必须承认这个前提，既然如此，我们当然要考虑他们阅读的愿望、兴趣。对我来说，文学就是我的命，文学成了我的生活方式，我可能终身都嫁给它了。既然文学对我这么重要，我当然要去研究它。很多作家不去研究，他完全就是按照自己的思路，自己一种很低层面的本能在写作。我研究的目的不是迎合，而是为了引导。

季：迎合或是引导，在我的阅读经验里是个无解的难题。很多人会说，你要考虑读者的阅读习惯与感受能力；但是另外一些人会说，作者应该创立一种标准，引导读者的阅读品位，文学的审美性应该有它独立自足的一面。对此，我很困惑。我觉得文学史上过一段时间总会有一个开创性的天才打破读者和作家之间的某种接受上的平衡，他往往通过破坏已有的阅读习惯设立一个前所未有的标准，让读者去适应和接受他的体系，成为新的经典模式。文学史上每一次重大的变革皆由此而来。

麦：我想，你所说的“创立一种标准”，肯定不是作者独创的，而是作者和读者共同创立的。我刚才也说了，我考虑读者，尊重他们，研究他们，并不是去单纯地迎合他们。单纯迎合读者的作品不是我们今天谈话的内容，那些书我也不愿意看。我相信我的《解密》、《风声》肯定不是《鬼吹灯》、《盗墓笔记》一类的作品。《鬼吹灯》就是单纯的迎合，一味满足读者猎奇、窥探的心理，他知道读者的阅读趣味在往下走，根本不想做任何思考。我的《风声》不是这样的：一方面，我知道读者的趣味大致在哪个方向，我会有意往那边靠拢一下；另一方面，我决不放弃文学本身的品质、品位。开句玩笑，我打扮入时，穿三点式，不是为了卖（身），而是我知道时代变了。

季：不是中山装时代了？

麦：对。

季：那就结合《风声》来具体谈谈你的重写。我知道，《风声》

的同源中篇是《密码》，《收获》上发表的，我看过。对比两个文本，故事的核基本没大变，但叙述方式确实完全变了，对同一事件反复变奏，换视角讲述，有点类似于电影《罗生门》。我个人觉得，《风声》的文本因而呈现出更多的开放性和复杂性。那么为什么会想到采用这样的方式？这和文体有关系吗？像长篇小说，你就会选择让文本复杂一些，呈现出某种比如巴赫金所说的复调叙事，中篇小说就确定一些。这种叙述的限度以及它的意识形态在哪里？

麦：坦率地说，《密码》改写成长篇时，最初还有一稿，叫《密密码码》，已经写完了，十几万字。但这个小说我给了出版社后，有一种意见说我这个小说和《密码》太接近了，就是一个扩写，没有新意，只是更丰满扎实了。这句话对我来说是一个很大的打击。如果它单纯是一个扩写的作品肯定没什么意思，对作家来说也不是一个严肃的创作态度。当时我就说这书不出了，正好合同也没签。于是我把它丢下了，这一丢就是大半年。有一天看《圣经》时我突然发现，《圣经》的几个福音其实讲的都是同一个事：耶稣怎么来到人间，耶稣在人间做了什么事，只不过由不同的人讲述，出现了许多新的东西。这对我很有启发，我想《风声》讲述的那段抗战的历史，以前一直是共产党在发言，同样一件事情，国民党会采取怎样的发言方式？当我这样想的时候，我觉得这篇小说可以重写了。这完全是一种崭新的扩写，结构是新的，人物是新的，甚至提供了新的主题。我认为，抗战那段历史的实际情况远比现有的主流叙述要复杂得多，我把一个故事由国共双方和“我”三个视角来讲述，其实有象征意味在里面。为什么我取名叫《风声》？“风声”这个词就蕴含着一些不确定性，风声是指从远处传来的消息，这个消息是真是假我不知道。从某种意义上说，历史就像风声一样飘忽不定，真假难辨。至于谁的说法是真的，你自己去判断吧。所谓历史就是一些不同的讲述，我们永远无法抵达它的真相。

季：你曾说过，“小说是技术活”，你一直在“追求难度”。在文学史上，有的时候“写什么”就可以成为革新性的东西（比如“五四”），有的时候则是“怎么写”推动小说革命（比如八十年代先锋小说），那么，你对小说技术性的追求与你对当下文学的判断有关系吗？或者说，你是否认为目前小说创作更需要解决“怎么写”的问题？你所理解的小说的“技术性”包括哪些方面？

麦：我有一个观点，归根到底，作家“怎么写”是次要的，“写什么”才是重要的。但是现在为什么我经常在强调“怎么写”，包括对自己也是这样要求？这是因为中国作家“怎么写”这一关始终没过。

八十年代的先锋小说是改变中国文学趣味的一次探索，他们强调“怎么写”，至于“写什么”好像是无关紧要的。这很好，在当时很需要。但最后这种探索某种意义上像“五四”那时一样，不成功，不彻底，我们没有把“怎么写”的任务彻底完成，半途而废了。先锋文学的很多代表作家如余华后来很快转向写实了。就余华个人来说，他已经过了“怎么写”这一关，但作为整体的一个行为，或者一个倡议，或者一次小说革新的思潮，这个行为是不彻底的。这中间有许多原因，要说清楚可以单独写一篇文章，这里姑且不说了吧。我要说的是，因为整体上“怎么写”依然没有过关，所以经常有大量破绽百出的作品充塞在我们眼前。很多小说缺乏基本的文学素养，缺乏基本的文学美感，语言粗糙，故事平庸，见识低下，让你读不下去。有些小说虽然写得哭天抹泪，虽然你可以感觉到他很真诚地想为底层发言，为民族发言，但问题是他发的言不可信，他的细节、他的情感、他的推进，缺乏逻辑性，没有力量，用的材料太烂，文本是破的，劣的。这就是“怎么写”的问题。文本起什么作用？它是个容器，你要写的内容是水，如果这个容器漏洞百出，再好的内容也会漏掉。我记得王安忆在一次发言中说，我们不少小说是很荒唐的，两个人物谈事动不动就去酒吧、咖啡馆，民工也小资得不行。所以，她提出我们要解决小说的生计问题。生计问题就是基本问题，就是“怎么写”的问题。

又比如，我们经常遇到这样的情况：当你说某位作家的小说写得不真实时，他会振振有词地告诉你，这是真实发生的事情，他亲眼所见，亲历所为，云云。我相信你写的是生活中真实发生的事情，但为什么变成小说时反而让人觉得是假的？我前面也说过，发生在眼前的汶川大地震肯定是真实的，但当我们看《震撼世界的七日》时，立刻觉得它假，看两分钟鸡皮疙瘩就起来，马上想换频道。这是为什么？客观真实和艺术真实之间有条暗道，由客观真实到艺术真实需要技术。这个技术类似进一个暗道的机关，如果找不到这机关，对不起，你说的每句话都可能变成假的，真的也变成假的。我相信，一个精通小说技术的人，即使根本没去过地震现场，只要道听途说，他也会写出让你有真实感觉的东西。这种魅力，或者说能力，就是一种技术，是技艺，需要一定的训练和操作才能入门入道。

季：那具体到《解密》这部小说，你做得比较好的，你自己最看重的技术是什么？

麦：技术也不是绝对的，可以用公式表达的。某种意义上讲，可以说出来的技术往往是次要的，不是关键的技术。关键的技术可能就是一种感觉，一种隐秘的脉动，可以意会却无法言传。像《解密》这种小说，写的是一个搞破译密码的天才，我个人觉得有两种“技术”你必须要放进去：第一，这个东西肯定不能写实，如果完全写实，就可能吃力不讨好。这种人物对读者来说是一种传说中的人物，每个国家都有这种秘密机关，我们知道他们的存在，但是当你和他们坐在一起，擦肩而过，甚至拥抱时，你也不知道他的真实身份。所以他们某种意义上是生活在传说中，而不是一个具象意义上的存在。那我觉得这种人物就不能写实，要把这种人物从地面上往上托一点，他和读者的距离不能像照镜子一样清晰，而应该处在一种背影、剪影状态。这种人写实了，读者反而会觉得没意思，神秘感消失了，假了。所以，《解密》我在刻意写虚，基本上没有整段的对话，都是点到为止。

另一个技巧是，塑造这种人物一定要把他往崇高方面靠，你要把他写成英雄，他在为国家呕心沥血。你不能在大是大非问题上让他委琐，一定要让他有一种理想色彩，他的生或死，他的成功与失败，不是一己的得和失，而是和国家、民族的利益联系在一起的。这个大前提是不能违背的，这个一违背，小说的精神力量就提不上去，读者就不会有切身之感。我肯定不是个“主旋律”作家，但面对这种人物，我只有这种选择，我不能把他写成黑社会。

季：不知是否有研究者注意到你的文体问题。在阅读中，我的感觉是：抽象，冷峭，简洁，干净，概括。你好像更喜欢用严密的逻辑和高度概括的语言组织故事，而非通常小说那样用细节和情绪来说话。这种文体和谁的比较像？卡佛？海明威？这是否是你自觉的追求?

麦：作家的风格是慢慢形成的，他在探索中逐渐发现、形成自己最擅长的东西，那可能就是他的风格。在写的过程中有很多不确定性，会误入歧途，也会误打误撞撞见南山。我觉得余华有句话说得很对：是什么让你成为作家的？不是思考，也不是阅读，就是写，不停地写。风格的形成也是这样，只有不停地写，在写的过程中体会、发现、成长、成熟。像我这样的人，显然不能写那种很滥情、很广阔的小说，我的语言能力也不是很丰沛，那种恣意汪洋的小说我写不来。我比较理性，面对文字时很冷静，有耐心，斟字酌句，反复修改。我的语言很干净，细节相对比较稳固，情节有较强的逻辑性和智性。这是推敲出来的，我一天写七八个小时，就五百字。小说家像一个登山运动员，上山的路其实有无数条，但景色旖旎的捷径可能只有一条，你要找到这条路。我乐于找，不厌其烦，追求准确性和合理度，不喜欢混乱和激烈。这是我的性格，可能也是我文字的风格。

3. 黑夜的书、雨天的书：为逻辑、抽象和思辨正名

季：从取得的社会影响来看，你的写作是一种最热闹的写作；从写作的专注程度和精神气质来看，它又是一种向内的最孤独的写作。在关于《风声》的一篇文章里，你提到这是一本在黑夜和雨天写成的书。我觉得，在某种意义上，这是你大部分作品所独具的一种精神气质。这是一种孤独的冥想的作品，是人类智力的狂欢之舞，是智力和情感的张力之弦快要绷断的极致。在你的笔下有一个灵性的世界，关注抽象，关注精神，关注智性，关注命运。从“阿今”

系列到“解密”系列再到《风声》，你的写作似乎一直在往上走，沿着一条从生活层面到智性层面和灵性层面的轨迹。正是在智性和灵性层面上，你可谓为当代中国文学带来了前所未有的全新体验，甚至超越了我们通常意义上所谓文学的边界——中国文学一贯重美，重日常生活，重感觉和意象，不太关心灵魂与命运这一类命题，也不太关心逻辑、抽象与思辨的乐趣。这种说法是否准确？

麦：都是溢美之词，不好定夺。但你说到的“逻辑”、“抽象”这些词，让我想起王安忆对我的一些评价。王安忆是我很推崇的作家，她对《风声》有个评价，印在书上了，是这么说的：

“在尽可能小的范围内，将条件尽可能简化，压缩成抽象的逻辑，但并不因此损失事物的生动性，因为逻辑自有其形象感，就看你如何认识和呈现……”

逻辑也是一种形象，这句话说得太好了。我们经常说小说中的形象是通过感性的细节来塑造的，逻辑这个东西很多时候并不被文学认可，文学更强调形象思维。但我的小说逻辑性很强，逻辑也可以是一种形象，逻辑自有生动之处，这是为逻辑在文学中的地位正名。很多时候我用推理来说明一个事情，用智力与思辨构建写作难度。这种思维方式可能是反文学的，也可能是在构建一种新的文学形态。

季：是啊，我经常会觉得读小说不过瘾，但对你的小说却非常喜欢，就是因为它本身的思辨特征带给我前所未有的阅读乐趣。因为小说如果还是按传统方式把注意力集中在表现无限丰富的感性世界方面，那我为什么不去看电影？电影的声色光影手段在构建所谓的形象方面具有文字无法达到的优势。所以，我觉得小说写到现在也许还是要往你的方向靠，在智性灵性这些方面，电影比不上文字。

麦：小说确实面临着四面楚歌的困境，需要突围。

季：同时，我也觉得你的小说具有很强的哲学思辨的意味。比如你之前谈到的制度对人的毁灭，实际上是对个人与世界关系的一种探讨。又比如你一直关心的命运与偶然性：无论是天才还是卑微的小人物，你笔下的主人公以一种突然的方式走向生命的终结，也是故事的终结。你似乎有一个“非正常死亡”的情结。前者说到的天才人物逃脱不了的意外死亡或者崩溃的命运，其起因都是如此突兀与微不足道——容金珍遗失的笔记本、黄依依遇到的一扇厕所的弹性门、阿炳的私生子，都成为他们生命之路上无法逃脱的陷阱。后者如《飞机》因文件的遗失给幸福的一家人带来的毁灭性境遇、《五月的鲜花开遍原野》中想要告别声名狼藉的昨日却触电身亡的彭小冬、《农村兵马三》中的马三一路磕磕碰碰却无法完成转为志愿兵的愿望，命运像诅咒阻挡人生之中最卑微的心愿、最简单的幸福。请谈谈你所理解的文学与偶然性和宿命的关系。

麦：博尔赫斯说过一句话：所谓偶然，只不过是我们对复杂的命运机器的无知罢了。毫无疑问，文学对“偶然”情有独钟，所谓无巧不成书就是这意思。但什么是偶然？我认为日常就是偶然，整个世界都是偶然。对不对另当别论，关键是我有我的“哲学”，这很重要。什么叫文学？有人说，哲学是父亲，美学是母亲，他们生下的女儿叫文学。作家必须要有自己独到的立场，至少是见识吧。我本质上是个悲观主义者，对日常生活有排斥感、恐惧感，这就是我不幸童年的后遗症。有人把《暗算》中几个人物的死亡都总结为“性”。我觉得这个总结非常有意思，切合了我对日常的恐惧。无疑，性是日常的重要内容，日常的最大符号就是食与性。日常，一方面看是最平庸的，但另一方面又是最残忍的，它可以抹杀一切。是日常把我们全部消灭，把我们年轻时的激情梦想消灭得干干净净。我确实是无意识地写到这些，但我后来一想，也许是潜意识在作怪吧。

季：说到“性”，我想起你有一篇非常奇诡的小说，叫《黑记》，就是以“性”切入的。我感觉你似乎在得意地笑：仅仅是密码吗？麦家奇异的想象力绽放在任何一个领域。你通过“我”奇特的艳遇所体现的是人类将去向何处的思考吗？你通过“黑记”——这种人类身上出现的反人类的物质，暗示的是你对现代文明吞噬自身的批判，抑或是人类科技文明面对上帝或者冥冥天命的无助无力？或者说，一般小说的参照是我们每天面对的当下、俗世和芸芸众生，你的参照系是宇宙、未来和无限？请谈谈这篇小说。

麦：你说我的小说很怪，其实除了“阿今”系列，我小说写到的这些领域都没人涉及过。我的小说中国评论家不知道怎么去评论，他们首先考虑把我的小说放在文学史中，想看我是沿袭哪一条路走下来的，结果他们找不到来源——我的小说是野路子。

《黑记》这小说我很喜欢，很重视，它最能够体现我是生活在想象中的一个人，想象也是我写作的重要资源。前面说过，我的生活确实非常简单，而人要在单调的生活面前安静下来，必须要有一个东西来充实，有的人是通过打麻将，有的人是通过广交朋友、旅游，我则把很多闲暇都交付给胡思乱想了。对于《黑记》，我坦率说，它很典型地反映了我对生活的一种恐惧，或者说是我对性的一种恐惧，可能也是渴望吧。不要庸俗地理解这个性，这不是性欲，性欲在今天已经构不成渴望，因为太容易满足了。性欲已经泛滥成灾。是的，我的恐惧正是来自性欲被无限解放、极度泛滥之后人类有可能得到的恶果。一个人，如果要通过不断地过性生活来维持生命，这很恐怖吧？《黑记》写的就是这样一个人，她的生命维系在一次次性交中，没有性生活她的生命随时可能中断。一般人想，你为什么会让她得这种奇怪的病？这种病当然是个象征，我把它当成人性贪婪的象征。这种恐惧一方面是对性的恐惧，另一方面是我对人的欲望被极度打开后的恐惧。有人问我，你怎么会活得那么单纯？你是怎么去满足你的欲望的？我说很简单，关闭你的欲望。欲望是不可能通过实现去满足的，满足一个欲望会产生三到五个新的欲望。欲望之门一旦被打开，就永远不会满足，要满足，最好的办法是关闭。

季：借用你的“黑夜的书”的说法，似乎也有一种“白天的书”，比如很多人会说小说要有物质外壳，谢有顺说要有“世俗心”，张爱玲也有类似的论述。也许小说的本性更接近“白天”？你的小说向灵性的方向升腾，黑夜的思辨和玄想气质多了，属于白天的“人间气”似乎不足，也就是作品本身冰冷，坚硬，不够丰盈，这些小说似乎缺乏鲜活的生活质感。常被人说起的“物质外壳”怎样与形而上的思考相统一？进而言之，你怎样看待你的作品与现实生活的关系？

麦：“物质外壳”好像也是谢有顺说的，他是一个对文学怀抱理想和独到见识的评论家，年少得志，也没有抹杀他的才情。谢有顺说的“物质外壳”的问题，我理解他的意思是说文学是有技巧的，是说你要善于用坚固的细节和文字把“物质外壳”打造得天衣无缝，这和我之前说要把容器打造好是一回事。至于“世俗心”，也是一个道理，要解决好小说的“生计问题”，人物要有身世、乡情、乡音，情节要经得起常识的推敲，不是信手拈来，天马行空。生活是创作的源泉，需要强调一点的是，这个“生活”不单单是现实生活、日常生活，我认为主要是内心生活。按说像我这种生活很寡淡的人，与当代生活几乎没什么接触的，我的写作应该有很大的问题，但某种意义上反而给我提供了很大的优势。我的小说“物质外壳”是很坚硬的，是经得起推敲的，因为并不是我没有和你们一起生活我就远离了你们，我的内心其实时刻和你们生活在一起。我有一颗敏感、细腻的心，时刻与你们在一起跳动。这一点很重要，心和灵的介入。有的人为了写一个工人作品到工厂去体验生活，其实这种了解是最基础层面的。现在网络那么发达，工人生活的程序或工序很容易了解，我不和你一起生活照样能够知道，但是要了解他的内心生活要难得多。

说到文学与现实的关系，我觉得人亲近文学，一方面是人的好奇心在起作用，还有一个原因是因为现实太琐碎，太庸常了，要逃避它。文学其实是一个梦，是对现实的不满足，是对现实的逃避和臆测。如果文学的最终目的是要把你强行拉回到现实，让你牢记生活的难和苦，庸碌和委琐，我怀疑它是否还有存在的必要。文学应该是给人长翅膀的，是把你从地面上升腾起来的一种东西。但现在它常常升不起来，反而是趴在地上，某些所谓的反映现实的写实主义作品其实与文学毫无关系。把生活事无巨细地照搬记录下来，这种事情初识文字的人都可以做。这种作品只会消解文学的美感、高度，使文学变得越来越平庸、弱智。你想，谁不会写实？谁没有底层生活？把这种底层生活毫无保留地直通通地端出来，除了骗人眼泪还有意义吗？文学的目的从某种意义上说，是因为我们对现实不满，想创造一个有别于现实世界的天空，至于那个天空对于读者来说是否确实存在，那就看你小说家的魅力了。文字从来有两种导向：一种是我刚才说的把真的也写成假的，还有一种是把假的写成真的——这就是文字的魅力，也是最考验小说家的才情的。什么叫才情？就是你把假的说成真的、把粗糙的生活描绘成一种灿烂的虚构能力。应该说，这也是小说家最基本的能力，可现在很多小说家连这种最基本的能力也没有，只是一味照搬现实生活，没劲。

季：但是很多人认为写现实是吸引读者的一个途径。

麦：一个作家不管写什么东西，最后都必须还原到现实世界中才是有价值的。我的意思是任何写作都是为了反映现实，哪怕像《西游记》这样的小说，完全是虚空、荒诞的作品，放到今天的人面前，我们还是可以看到现实世界的影子。如果它和现实完全不搭界，也就不可能有读者。正因为它在荒诞的表面下，它的核心和现实是连通的，它是反映人性的，它是表达世界本质的（荒诞），所以它才能够代代传下来，至今还有读者。要知道，文学的现实性并不在于它的题材本身的现实性。比如卡夫卡完全是寓言式的写作，但他的寓言具有巨大的现实意义，他写出了工业文明对人的异化。这种例子举不胜举，免了吧。总之，我们不难理解文学写作的现实性有多种实现的途径，并不是一定要把现实生活原封不动地端出来，那是一种最偷懒和不动脑筋的做法。文学与现实不是直接的一对一的关系，文学和现实的关系是文字和心灵的关系，是种子和土地的关系，是西瓜和西瓜籽的关系。

4. 并非总结：资源、陷阱、启示

季：前面的几个部分中，我试图以文本为入口，从“写什么”（独特的题材）、“怎么写”（独特的技术追求）到作品所呈现的灵性、智性气质，呈现你带给当代文学的独特经验。这个部分我想讨论的

是文本之外的问题，即你的作品的走红所牵涉到文学与大众文化、传播机制的关系。您曾是影视编剧，在小说改编成电视剧上也曾获得巨大的成功，您怎样看待小说与影视剧结盟的问题？如果说影视剧必须被放在大众文化的序列上来考察，怎样看待您的作品与大众文化的关系？小说是否有重新深入公众生活的必要和可能？这些问题的指向是，这个时代的文学应该如何去，还可以去向哪里，以及媒体的操作对文学创作带来的喜与忧。

麦：我不过是个小说家，对这类问题是不大思考的，也不需要。随便说吧，我姑妄言之，不是为了说明问题，只是为了体现对你的尊重。马原多次说，小说已经死了。他说得对不对且不管它，但这确实反映了一个问题：小说的地位和力量在这个时代正在瓦解，消散。其实这也不仅仅是小说的问题，文学，甚至文字，都面临着这种困难。于坚说过，今天，文字的力量已经降到最低点，人们必须弯下腰，跪下来，趴下来，才能感受到文字微弱的力量。不光是我们中国，国外也是这样，也许程度轻一点而已。

那么这种现状是怎么造成的？原因可能是多方面的，其中电视机的普及、网络的兴盛肯定是个“罪魁祸首”。这当然是站在小说的立场上说的，但我们为什么必须站在小说的立场上？如果站在诗歌的立场上，它可能还要指责小说降低了它的地位呢——它曾经有王宫一样的地位。所以，这根本上是个不值得探讨的问题，就像人要生老病死一样，是个时间进程中必然发生的现象。我不会为此悲观，也不会因此在小说中刻意地加入影视元素去拍影视的马屁，以博得更大的名利。虽然我小说的影视改编情况非常好，也正因此让我的小说比较轻松地进入了大众传播渠道，但这不是我有意争取来的。

再说，这也不是可以争取的。我经常听人说，他要写一部畅销小说，那么请问什么书一定会畅销，你知道吗？谁都不知道。市场是神秘的，无法预期，影视也是摸不着头脑的，谁想到《断背山》可以拍电影？几个独立分散的故事串联的《暗算》可以拍电视连续剧？我写了那么多小说，觉得《暗算》是最不可能拍电视连续剧的，但就是拍了，而且火了。这里面的秘密是无法破解的，说到底也许是一种机缘。既然如此，我想我们还是把小说当作小说来写的为好，其他问题就交出去，让人家去琢磨吧。

至于小说会不会死，寿命还有多长，对此我是很乐观的。我觉得小说死不了，即使文字没了，它还会继续活着，正如有些民族虽然没有文字，却留下了口头文学一样。文学是直指人心的，我有理由相信，只要人还有心灵，就会有文学的存在。它在地下也是存在，活在冰山下也是活着。如果你不接受小说日益被边缘化的尴尬，我可以告诉你一个办法，就是：把小说写得跟人已经面临和即将面对的困境再紧密一点，再紧密一点，这可能是其他传播手段见拙的地方。我觉得，影视和网络也许可以帮助你打发无聊，却无法为你驱逐寂寞和恐惧。我是说寂寞和寂寞中的恐惧。

季：怎样看待对某一类题材的纵向开掘的危险？这个问题可以分两个层面。第一，对你个人而言，你的表达方式甚至思维方式上的某些特点与“密码”题材特别匹配，形成了你独特的个人风格。换言之，你的成功源自你个人气质、表达习惯、思维方式与题材的完美结合。但如果对这种重复经验一再开掘，会不会使极具麦家个性的创造性表达沦落为模式化与日常化？怎样克服这种写作的惯性？你下一个关注的焦点是什么？第二，对于你之外的文学创作来说，你的成功会导致市场化的写作背后类型文学的崛起，以及大量模仿者的出现。在电视剧中可能看得更为清晰，比如继《暗算》之后冒出了大量特情题材的电视剧。你怎么看待这个问题？

麦：第一个问题已经引起我的警惕，自我重复正在靠拢我，威胁我，我的阵地有可能成为我的陷阱。我想，我只有两个选择：一个是在老藤上继续折腾，争取长出新果子；第二个是抽身而去，开辟新的“阵地”。我会选择第二个方案，因为第一个太难做到了。当然，第二个也不一定能做好，但起码不难做到，试试看吧。而且我可以告诉你，我想写写女人、爱情。我以前的小说基本没有爱情，不会写，就想挑战一下自己。第二个问题，在我看来，很简单，就是中国作家包括影视编剧缺乏原创力。文艺这东西本来是切忌跟风的，但我们明知故犯，跟风成风，而且不知羞。这没办法，也没什么好说的，说到底可能还是我前面说的，从业人员的专业素养太一般了。

季：请谈谈你的阅读史。哪些作家在哪个层面影响到你？侦探小说、奇幻小说对你有无影响？

麦：我的阅读资源主要还是来自外国文学，而且是比较单纯的西方文学。到现在为止，日本文学我一部都没有看过。我最早迷恋的一个作家现在被大家认为是一个二流作家，就是奥地利的茨威格，是他唤起了我对文学的热情。但真正教我写小说的第一个作家是塞林格。因为我童年的阴影一直很大，没人愿跟我交流，所以很早我就学会了自我交流。从初中起，我就开始写日记，等我写到大学的时候已经写了三十多本了。所以有时我说我这人是天生要当作家的，因为从小我和别人交流的渠道被切断了，怎么来满足交流的欲望？只有自我交流。有一天我发现塞林格的小说《麦田里的守望者》完全像是日记，我非常高兴，原来日记也就是小说。于是我就开始写小说了，写了《私人笔记本》。就这么简单。

当然后来看了卡夫卡、博尔赫斯、纳博科夫、马尔克斯这些作家。我不承认茨威格是个二流的作家，也许他是我的“初恋情人”吧，我一直很珍惜他。我甚至觉得，今天我们为什么把茨威格当成二流作家，是因为阅读他的作品需要无比大的耐心，因为他的作品语言密度特别大，而我们这个时代最大的缺点是耐心的缺失。卡夫卡曾说过，由于我们没有耐心，所以被赶出了天堂；由于我们没有耐心，所以我们永远无法返回天堂。我们抛弃或者冷落茨威格，不是茨威格本身的错，而是因为我们的耐心发生了巨大变化，是因为我们没耐心去读这种文学密度特别大的作品。

我认为，真正的好作家、一流作品是没法学的。很多人说我学博尔赫斯，博尔赫斯怎么能学？马尔克斯能学吗？学不到的。一学就让人看出来哪里学的，那就不成功。其实我长期以来很迷恋和反复读的一个小说是纳博科夫的《洛丽塔》。我非常喜欢纳博科夫，远远超过博尔赫斯。如果说一个作家的读书有什么诀窍，就是不要广泛地读，而是发现一两个自己喜欢的作家，反复地读。这种读的好处，就是能让你自己处于一种你感觉亲密的文学氛围中。一个作家，你喜欢他的作品，它就像你的亲人一样，亲人不可能太多的。亲人只有一个，也能够无穷地温暖你。

最后，我要说，我的“亲人”中没有阿加莎，没有柯南道尔，也没有松本清张。他们都是侦探推理小说的大师，但是很遗憾，我没有得到过他们的爱。我今年春节才受王安忆的影响开始看阿加莎，我认为她非常了不起，但也很“绝情”——因为她已经把她开创的

路堵死了，谁要照她的路子写，肯定死路一条。我可以说，有了她，足够了，我们再也不需要第二个复制品了。

季：最后一个问题：你怎样看待你的作品中雅与俗的关系？有人说，你的“特情”小说中有各种流行因素，写奇人奇事，很容易被认为是传承传奇小说一脉。你是否从传奇小说中获得灵感？你个人也非常看重“故事”的作用。这种故事的传统在传奇小说那里，是与日常生活、俗世精神高度统一的，但你在吸引人的故事背后试图告诉我们的，恰恰不是故事的满足，也不是对日常生活的拥抱，而是命运、灵魂归宿这一类最先锋、反世俗的命题。你怎样看待这二者的矛盾统一？

麦：我想以小说的方式来结束这次谈话，我实在太累了，真的，谈不动了，留个遗憾吧，也是悬念和趣味。

后　记

我试图为我的这次聆听做一个总结。麦家的文学选择包含着他对这个时代文学的判断以及有了这种判断之后如何自处。从内容层面而言，麦家的意义不仅在于其笔下的奇人奇事极大地拓展了当代文学经验与想象的边界，更在于他对人生诸多难题的追问：从日常对人的毁灭，到命运无常与人生的种种悖论。麦家的小说所关心的，是我们这个时代的精神困局。麦家有自己观照世界的角度与立场——这至关重要，其悲观看世界的视角之后，是一个写作者对于日常吞噬性意义的深刻洞察，以及对这种处境之下人的命运的深切同情。麦家具有一种无比细腻地进入读者心灵的能力，他笔下的人物，无论是英雄或是如你我一般的普通人，皆能抵达我们的内心。而最重要的也许是伴随其英雄叙事展开的价值选择，构成了对我们这个时代伦理道德的重新拷问。在这个意义上，麦家那些写英雄写历史的作品，无一不是对当下现实的深切回应。

进一步说，麦家以其执拗的重写敲打我们遗失的阅读耐心，提醒我们注意正在被遗忘的那些价值，关于缓慢、诚恳、木讷和重复的价值，《陈华南笔记本》没有做到的，在一个庞大的“密码”家族的多声部合唱里，它们做到了。这种不断挑战自己难度的反复书写，亦体现了他对小说技术性的不懈追求，以及一个写作者的职业精神与责任。从笔记本到访谈实录，他是自觉的文体创新者。他的作品更有一种奇诡的文学品质，在精神世界深与锐的方面，他走得比别人更远。他有着从最细微处衍生故事的无比强大的想象能力，或者说，以逻辑再造一个世界的能力。

同时，因为他的创作与我们这个时代的大众文化的紧密联系，他具有了比其他作家更为典型的意义——从文学的影响力到文学与传播机制的关系，麦家的作品体现出文学在这个时代全部的尴尬、困境与希望。这背后，是我们这个时代小说创作的新的出路和可能。在大众文化的视野里，在文本之外的更为广大的文化场域里，他的创作本身亦构成了一个巨大的隐喻，引导我们重新思考“故事与人物”、“快与慢”、“雅与俗”、“艺术与道德”这些古老的命题，以及文学与制度、文学与意识形态剪不断理还乱的关系。

2008 年 8 月 9 日，对话

2008 年 8 月 29 日，定稿

图书在版编目(CIP)数据

接待奈保尔的两天/ 麦家著. —杭州：浙江文艺出版社，2016.9
ISBN 978-7-5339-4541-1

Ⅰ. ①接… Ⅱ. ①麦… Ⅲ. ①散文集—中国—当代 Ⅳ. ①I267

中国版本图书馆CIP 数据核字(2016)第 110721 号

责任编辑　陈　坚　徐铁暄
装帧设计　吕翡翠

接待奈保尔的两天
麦家　著

出版发行　浙江文艺出版社
地　　址　杭州市体育场路 347 号
邮　　编　310006
网　　址　www.zjwycbs.cn
经　　销　浙江省新华书店集团有限公司
印　　刷　上海中华商务联合印刷有限公司
开　　本　880 毫米×1230 毫米　1/32
字　　数　122 千字
印　　张　5.5
插　　页　4
版　　次　2016年9月第1版　2016年9月第1次印刷
书　　号　ISBN 978-7-5339-4541-1
定　　价　33.00 元